INK INK INK INK INK INK

NK INK INK INK INK INK IN
INK INK INK INK INK INK
NK INK INK INK INK INK IN
INK INK INK INK INK INK
NK INK INK INK INK INK IN
INK INK INK INK INK INK
NK INK INK INK INK INK IN
INK INK INK INK INK INK
NK INK INK INK INK INK IN
INK INK INK INK INK INK
NK INK INK INK INK INK IN
INK INK INK INK INK INK
NK INK INK INK INK INK IN
INK INK INK INK INK INK
NK INK INK INK INK INK IN
INK INK INK INK INK INK
NK INK INK INK INK INK IN
INK INK INK INK INK INK
NK INK INK INK INK INK IN
INK INK INK INK INK INK
NK INK INK INK INK INK IN
INK INK INK INK INK INK
NK INK INK INK INK INK IN
INK INK INK INK INK INK

INK INK INK INK INK INK IN
K INK INK INK INK INK INK
INK INK INK INK INK INK IN
K INK INK INK INK INK INK
INK INK INK INK INK INK IN
K INK INK INK INK INK INK
INK INK INK INK INK INK IN
K INK INK INK INK INK INK
INK INK INK INK INK INK IN
K INK INK INK INK INK INK
INK INK INK INK INK INK IN
K INK INK INK INK INK INK
INK INK INK INK INK INK IN
K INK INK INK INK INK INK
INK INK INK INK INK INK IN
K INK INK INK INK INK INK
INK INK INK INK INK INK IN
K INK INK INK INK INK INK
INK INK INK INK INK INK IN
K INK INK INK INK INK INK
INK INK INK INK INK INK IN
K INK INK INK INK INK INK
INK INK INK INK INK INK IN
K INK INK INK INK INK INK

INK

文學叢書

149

冰火情書

袁瓊瓊◎著

目次

我在北京（代序）

朋友寫信說：在北京有什麼快樂的事，要報來聽聽哦。

啊快樂的事……好像還滿多的。

第一當然是收到了印刻寄來的新書。我在北京要待半年，還以爲新書都要等我回台灣才能看見呢。有點像有人把我的孩子送到北京來跟我團聚的感覺。

第二就是……不知道算不算，啊哈！終於沒有桃花的干擾了。

我近幾年胡亂桃花滿天飛。這種事說起來大家都很羨慕，不過好像沒想過如果不喜歡的桃花，又滿天飛舞，那是什麼感覺。

就像北京的春天，漫天飄舞著楊花。星星點點夢一般斜斜在街道上飄墜的楊絮，美得不得了呀，可是吸進呼吸道是會讓人生病的，出門一趟衣服沾了楊絮回來，比什麼都難打理。

我是怎麼知道的，因爲桃花屬水，「水爲財」（我算命老師說的）。前幾年做工老是拿不到錢。今年第一次荷包滿滿。顯然是我的桃花都化成了毛澤東（人民幣上是毛澤東）漫天飛舞。

只是一件事太奇怪了。我一直聯絡家裡來拿錢（我老妹在東莞）都沒人理，好像人民幣不是錢似的。

一堆毛澤東虎視眈眈坐在我衣櫃裡，沒人把他給帶到台灣去，搞不好毛澤東是反對三通的吧。

總之，就這件事滿煩的。

怎麼說，因爲在北京過日子是這樣：有人開車來接開車來送，吃東西有人付帳，住的吃的用的都有人送過來，看到人民幣會有種那玩意沒什麼用處的感覺。就是紅花花的紙而已。而且在北京用錢還有一件怪事，錢老用不完。所有東西都便宜到爆。

像剛才跑去洗頭兼按摩足療……47大元人民幣。

出得門來看到有人賣毯子，好漂亮的織花毯子，一條20元。我挑了……呃，反正很多條就是。

然後跑去買蘋果四個，5元。夾肉燒餅兩個，2元。買了一堆開心果，5毛。

忽然發現巷口多了一個賣菜的攤位，賣菜的女孩子穿了件紅夾克，牛仔褲，綁了馬尾。這麼水靈的漂亮人物不知道爲什麼會來賣菜。

就跑去看。和買菜。

冰打過的大白菜，像個歐洲人的腦袋，長長圓圓的，齊整得不得了。

還有紅蕃茄，大小不一，可是全是平塗法的那種密實的紅色，沒有光影層次，一顆顆正圓形，飽滿完整，完全像假的。

小黃瓜，長長的，渾身櫛子似的一顆顆突起。接近陰暗的鮮綠色。北京黃瓜不知怎麼種的，特漂亮，筆直，並不長大，大略就是我兩根手指併攏起來的寬度，長也不超過一個手掌。

台灣小黃瓜都不長櫛子，不過我感覺有櫛子的黃瓜眞美，要會畫圖就好了。

還有山苦瓜，秀秀氣氣的兩頭收束著，瓜身微彎，像條碧綠色的小船。

這小販用一塊透明塑料布神祕的蓋著一堆寶貝，問是什麼，她說是扇菇。說：「這比較貴一點。」

叫揭開透明布來看看。所謂的「扇菇」，台灣其實也有的賣，就是長的有點像靈芝，黑白夾雜，一片片的那種。

不過這裡的扇菇是整株整株的。一樣東西的原生狀態居然能好看成那樣。我買了一株。2元。

是所有「菜」裡頭最貴的。

回來以後馬上煮火鍋。整治這扇菇時，才後悔起來。眞該跟她把一箱都買來。

這扇菇活生生就是實體的雲霧，獨獨放置在砧板上，它都能有種儀態萬方的模樣。扇菇，請各位想像國畫裡山頂上的雲，而且是淡墨的，由根部的潔白到淺灰到深灰，之後在菇的朵緣，轉成深黑。

而且是一片片交錯疊著，伸展著，也像一朵水墨牡丹。

這麼美麗的東西，只要2元。而且在料理它時，菇肉是一片片的，可以一絲絲撕下來。每一片撕下來都是柔滑而且潔白。

這麼美麗的東西，只要2元。這樣美味和美好的東西，而所付代價這樣少，讓我覺得心虛和慚愧。

我自己搬到小區住之後，編審嚴重警告我北京多麼危險，外來人口占四分之一，多數是貧民和遊民。教我不要隨便跟人說話，晚上不要外出，除非事先知道來人是誰，否則不要給不相干的人開門。

警告我北京到處都是假東西，這不能吃那不能喝，那些和那些不能用，啥跟啥絕對不能買……

但是我就看到北京一般人就坐在路邊吃火鍋，吃烤羊肉串，吃冰糖葫蘆。不過朋友又警告我，人家那是鍛鍊過的胃，他們吃了沒事，我吃了肯定出問題。

我們編審，在大陸算高薪階級吧，總之他每頓飯都在外頭吃，大致要花到人民幣三百元上下。你想想看一般百姓吃頓飯只要五元，甚至更少，你就知道編審眞的是個「小資」（小資產階級）。

他老婆買東西都到特定地點去買，絕不在這兒附近的小賣店小超市。有一回製作人請吃飯，特地點最貴的魚，一條五百三。那一桌吃下來五千多。我看著那些在桌邊送菜送酒，送手巾帕，換碟子抹桌子的服務員，忍不住想，他們心裡不知道是什麼感覺。

別人一頓飯吃掉的，可能是他們半年的工資吧。

所以在大陸，很容易發現某些人有優越感，貧富差距這樣大，你一口飯是別人的半年糧。許多錢賺得多一點的，很自然的去躲避和迴避窮人。

奇怪的就是，爲什麼這沒有挑起他們的民胞物與的同情，而是挑起優越感呢？

我有時候就忘記了這些。在按摩的時候，那師傅是東北人，一口東北腔。因爲看了許多「二人轉」，對這種腔覺得特親切和有趣。她跟我聊天，就跟她有問有答的說了一堆。

這東北女孩不住的說：我眞羨慕你我眞羨慕你。說到後來我就有點毛起來了，想到編審說的：「別讓他們知道你太多事情，什麼事也別透露。」

回家之後就想以後不能再去了，萬一不小心跟人熟起來了怎麼辦呢？

也許她不過是個本分的東北農村女孩，也許她的羨慕只是羨慕，不足以強大或狂妄到產生什麼行動，不過，防著總比不防備的好。

但是我依舊有那種心情，因爲我有她無，因爲我多她少，而我就必須用不信任來保護自己，而她也許是個和扇菇一樣皎潔的人呢。

這使我覺得不安和慚愧。

111. 跑到北京來了

跑到北京來了。
我實在喜歡北京。
坐中午十一點的飛機，
抵達北京時天候還亮晃晃的，北京是個特別明亮的城市，
我在正午時來到，整個北京就像黃金般放光。
機場大廳裡有一整面牆，放著標示著紐約，巴黎，洛杉磯，東京，雪梨的鐘，
最大的那一面標示的是北京時間。
電子看板上：「距離 2008 北京奧運還有『818』天」
下面是北京奧運的開幕日期：
「2008 年 08 月 08 日」
與世界同步計算著奧運的來臨。
給我的感覺除了與世界同步，
並且還向著未來前進。

其實這次是來青島寫劇本。從機場下了飛機，
進了旅館開始趕本就沒出來過。
今天是因爲要去跟北京的出資方開會，這才放風一般給放了出來。
一路上看到國道旁開著桃花李花，一撥兒紅，一撥兒白，夾雜著列陣在道旁。
桃李是平民百姓的花，是在歷史裡綿延的樹種，
從漢唐開到現在，從尋常百姓家開到了迎送外賓的國道上，
讓人覺得北京家常和溫暖，
無論多麼現代化，
骨子裡依舊是老舍的北平，
是梁實秋，林海音，唐魯孫，夏元瑜的北京。
只是我想這些名字怕知道的人已經不多了。

前陣子北京的劇團來台北演過老舍的《茶館》，
中央台也演出老舍全本《四代同堂》，

但是梁實秋，林海音，唐魯孫，夏元瑜這些名字似乎已經被遺忘了。

這不知是台灣走得太快，還是北京走得太慢。

112. 太乖是不成的

太乖是不行的。

跟導演和製作人吃飯，座上多了個美女。
是來面試的演員。

我其實覺得演員是很辛苦的行業。
以前約翰．屈伏塔說過：
「演員是二十世紀唯一自願的奴隸。」
約翰．屈伏塔不是純粹的演員，他在演藝之外的行業也經營得不錯，算是企業家，所以能有這種自覺。不過一般人大約很少想到吧。

演藝人員看起來風光，其實背地裡苦不堪言。
在拍戲的時候，那眞是要你怎麼你就得怎麼。

通常影片上看到的畫面，有時候不是一次拍完的，
我們看到主角挨打，被強暴，跳海，吃蟑螂，
運氣不好，或者有人整你的話，通常都要重複來上十來次，
而且還得你自動自發，誰叫你作演員。

《臥虎藏龍》裡，周潤發章子怡高來高去多美哇，
吊鋼絲的痛法沒人知道，簡直就是酷刑，
各位可以試想一下用鐵絲把自己捆住，
然後在半空中吊個十來小時的滋味。
衣服裡頭其實皮肉都勒出血來，表面上還得英姿颯然。

所以我是堅決反對我家小孩走這一行的，何必自己虐待自己？
連幕後都不必。我們圈裡行話是：「忙的時候忙死，涼的時候涼死。」
開工的時候，24小時待命，工時長到一天24小時，幾天不能睡是常事。
等忙完了，就開始涼了。「假期」的長度端視你找新工作的本事，
要是找不到新case，休個「十年長假」也沒問題。
我們這圈裡許多人不斷在「談」case。

一個case不成，換另一個。這行業又很迷人，讓人捨不得退。
我知道有些人十年中一無所成，但依舊在行業裡，
眞不知道他怎麼活的。

很多人想走這一行，是看到了一些頂尖人物的成就。
可是說眞的，「尖子」有幾個？
還比不上樂透彩的得主多呢。

總之，坐在導演和製作人面前的這個小女生，看到她那副乖巧模樣，
就覺得她一定是只知其一不知其二吧。

小女生乖得不得了。我們一邊喝茶，送點心來，
她就幫著佈菜，添茶添酒。
我要離開了，就送我到門口。還一路噓寒問暖。
我後來在想，這到底是家教好還是沒有自信呢？
不需要殷勤到這樣。

我時常覺得去求職或幹什麼，
都一定要有一種合則來不合則去的氣魄，
我們跟工作單位是平等的，
世界之大，難道我還非要做這工作不可嗎？
當然眞正進入工作單位之後，
工作倫理是另一回事，不過在求職的時候，
我覺得太乖是不行的，在影劇圈裡，尤其不行。
沒有點氣勢怎麼大的起來呢！

所以小女生佈菜倒酒乖了半天，
導演後來說：不成不成，沒有特性。
哇，可憐！想到她回了家去，搞不好一大堆美夢吧。
就覺得，沒點傲氣，反骨，這一行是不成的！

113. 床單

今天禮拜天，從北京回青島。

在外頭跑了好幾天，回到青島住處，覺得人整個鬆了下來。
在青島待沒幾天，這裡也確乎成爲了家了。

近些年來到處跑，其實早已適應了不同的房間，不同的床。
幾乎在哪裡都可以倒頭就睡。
只要被單的觸感對就行。

以前看報導，蔣夫人隨身要帶一床蠶絲被單，因爲她皮膚過敏，
睡別的床單都不成。

沒聽說過蔣夫人是跟瑪麗蓮·夢露一樣裸睡的，
既然還穿著衣服睡，那床單跟身體的接觸面不會太多，
所以這所謂的過敏，我猜還是心理成分居多。

我自己對被單或床單的觸感很敏感。以前大陸沒這樣現代的時候，床單粗糙，在旅店裡往往睡不著。所以我出門在外，一定會帶一張床單。把自己的床單鋪上去，到哪裡都能睡著了。

關於我之戀床單，還有一件很離譜的事。我年輕的時候去美國，考慮再三，還是把自己睡了許多年的被子裝箱給帶過去了。因爲不這樣就沒法睡。年輕時候對觸感是更敏銳吧，細微的差別就會受到干擾。

我自己那一床五彩的，用平布縫製的大被，被單洗過多次，觸感是綿軟，帶點膩澀，蓋上身正好把自己捲成了蠶蛹。我對那床大被的眷戀其實還超乎觸感，還因爲它的形狀，長度，被體上某些處的凹陷；被單上台灣的陽光的暖味，以及縫線處，長年累積的，我自己的少女以及少婦的氣味吧。然後，第一次離婚，忽然就對大被沒那樣眷戀了。

現在還是喜歡隨身帶床單，兩張，一張綠，一張紫，都是我特別喜歡的顏色。

綠是偏黃色調的，暗沉的綠，色譜表上叫做「秋香色」，我大約是受這名字所迷惑吧，就一直喜歡了，到老年其志不改。

其實就是一般所稱的陸軍綠，或草綠。

我喜歡它是底色的感覺，可以淹沒在任何環境中。

而紫色就非常的絢亮了。我時常覺得紫色是奇妙的顏色，只因爲偏紅或偏藍，忽然就有了不同的性格，諸色中只有紫色是最曖昧的，你說不清它是什麼感覺什麼意味。常說「亮紫」，任何東西上只要有一圈紫，似乎立刻會亮起來，但我自己的紫色床單卻有一種沉澱的效果，因爲洗過多次，它有點灰撲撲的，鋪在床上很沉靜，有點像一座忠實的老椅子，一隻睏倦的老狗。躺上去便沉進紫色的大海。被安寧所包圍。

我到了新地方，便換上自己的床單。

旅店裡多半的佈置是一片白。但是鋪上我自己的床單後，這房間就熟悉起來，那床單會把我對家人，對台北的記憶和感覺全拉回身邊來。

所以，我其實隨身帶著我的過去，一個具體的，綠色和紫色的過去。

而睡著了便是安心的回到過往的夢裡。

114. 漲潮

我在青島住處，窗外便是大海。

聽說是黃海。總之往窗外看，可以看見遠處有大船經過。猜想實體一定非常巨大吧。因爲移動非常緩慢。像座活動的島。而又遙遠無聲。

爲了免除干擾，因爲會不自禁的一直盯著窗外看呀，所以我工作時通常是拉起窗帘的，把大好美景隔在一整片緹花布外。

有一天寫到了下午五點，拉開窗帘外望。那時的天色將暗，整個海面偏藍……這樣說好像很怪，海不本來就是藍的嗎？其實不是，白天的海是青色的，帶點灰。天光亮的時候，是灰白色的天和灰青色的海。

那天傍晚，近夜晚了，整幅天是非常漂亮的孔雀藍，往海面漸漸加深色層，到了海面上，成爲偏黑色系的陰藍色，仍然是藍，但是很華麗的感覺，美得不得了。

那情景很短暫，約是十來分鐘，天色就完全轉暗，看不清了。

今天早上，寫稿寫到凌晨四點，忽然想到，這時候天光也還不亮，也許可以看到類似的黃昏景象，於是拉開窗帘看，結果沒想到讓我看到奇景。是漲潮。

先要說，我的窗口距海岸，只隔了十公尺吧。海非常近。開了窗，先聽到的是轟然的海浪聲。在陰藍色魅惑的天光中，昏白色的海浪層層花邊似的湧來，一波又一波，美到不行。波浪非常的浩大、壯觀。

我很少到海邊。少數幾次的海岸線經驗，都在安全範圍和安全時間內，看到的都是風景畫片似的海，無聲，有陽光照著。

這是首次經驗眞正的，顯然這才是海之實相的原始的海。眞是美到不可方物。偉壯到不可方物。那浪頭拍打到岸礁時，浪頭躍起又下，就像活物，是水波形成的魚。那一群「水魚」就在海面上撲起又落下。

其實這次過來，時間很急迫，工作得滿辛苦的。但是站在窗前看著這樣的美景，油然而生感恩之心。製作單位給我安排了這樣的美景，讓我日日享有。忽然覺得工作上的困擾和磨難都不算什麼了。

演員和工作人員都已進組。拍戲其實滿恐怖的。人員集合之後，表示「開始燒錢」。每天的房錢，飯錢，水電等基本開銷就此開始起算。拖一天就多一天的錢。

我們這戲，總策畫說，每天大門一開，就是五萬人民幣。所以：「編劇，你劇本不能拖啊。」萬一當天沒本子拍，所有工作人員放假，製作人臉都會綠了。

從昨天，劇組「開始燒錢」。

晚上看到了主要演員。大陸這裡叫「女1號」「男1號」。我們這戲的女1號是許瑋倫，男1號是立威廉。有個網友給我留言說超喜歡立威廉的。我昨天見到了。這位網友一定很羡慕我吧。

我剛進這圈子時，看到演藝人員，會覺得他們好像身上有光環，最普通的角色，也似乎會發光。但是現在看多了，全無感覺。怎麼樣的偶像到了面前來，也都只平常。不會覺得他們炫目了。

我可能失去了某些天眞的幻想了吧。

115. 每天

每天睡醒了就先去泡咖啡。

本人咖啡超大壺超濃。泡了咖啡就很安心，這也不知道爲什麼，我到了任何地方都先找咖啡，沒有咖啡就覺得自己要瓦解崩潰。我可以忍受經濟膨脹，政治腐敗，官僚貪污，黑道横行，但是沒有咖啡，我立刻覺得世界末日。

但是沒有男人可以。

總之泡了咖啡就去看海，窗口的海。

一邊看海一邊喝咖啡。

今天早上看到一隻小北京狗，不知哪來的，獨自在馬路上。

北京狗就是那種扁臉塌鼻子，短腿，渾身毛茸茸的狗。

我用手機拍了，可是太小，完全看不清，所以再鼓勵我也沒法貼上部落格來，請諸位好友包涵。

這小北京狗從馬路上跑跑跑，跑到海邊去，在石頭間轉來轉去，轉了半天又小碎步跑跑跑，跑回馬路上來，離開了。

我看著直發笑。

北京狗很有趣，在我這裡的距離，牠看上去小小的，只有指甲大小。像某種蟲，又渾身長毛。牠很起勁的跑跑跑，這裡那裡，小碎步哆哆哆的，完全不知道牠忙什麼。我難以想像牠養在屋子裡的時候也會這樣跑跑跑的。大概就因爲在大海邊。我說實話我也想出去跑一跑。

直到現在也還沒眞去海邊走一走，一直關在屋子裡趕本。

看到北京狗，心念隨著牠小跑了一陣子，

也算是做了晨間運動啦。

116. 海呀海

我通常都整夜工作，天亮時便會拉開窗帘拍照，拍窗外的海，用我的數位相機。

有一次寄給一位會攝影的朋友看，他立刻指教了一大堆。
我很嫌他這樣多事，阿我拍來娛樂自己的，我又不想做攝影家。
所以發誓絕對不讓攝影家看我拍的照片，不給畫家看我的畫，不請烹飪高手吃飯，不穿自己縫的衣服和服裝設計師約會，不請室內設計師來家裡玩……

住了這幾天，我發現大海挺複雜的，並不是只有一個面相。
也不光只是漲潮退潮的變化。

前幾天，大約下午五點上下，向窗外望去，
有幾隻海燕在礁石間飛舞，是黑白兩色，飛得太美，
我猶疑著：該看著它們飛舞表演呢，還是去拍下來？
結果美景稍縱即逝，都還沒等我拿定主意呢，海燕翩翩，已經往遠方去了。

這也好。知道海邊會飛燕子來，就有了盼頭，
想說總有一天還是會讓我給碰上的吧。
到那時要很敏捷的把它給拍起來。

早晨八點多把昨天寫的功課交了，就拉開窗帘，
那時候晨光逼人，海面上波光粼粼，
那波光不是靜止的，在海面上輕輕的一波又一波推過來，
發亮的水光便跟著滑過來，再滑過來，
像永無休止的漲潮，光之潮，而又十分的安靜，瀲灩。
我爲了這美景，又去泡一杯咖啡喝。
面對美景不喝咖啡，行麼！
雖然已一晚上沒睡，其實是不該喝咖啡的。

117. 我

滴～哩哩哩～滴哩～
不，這不是海浪聲，是我手機上來簡訊的聲音。
每天下午三點，青島簡訊台會發氣象報告。

下午好，青島明天晴，
南風3～4級，8～16度。
悠悠的雲裡有淡淡的詩，
淡淡的詩裡有綿綿的祝福，
願您沐浴在源源不斷的幸福和喜悅裡。

瞧這詩情畫意的。

我在台灣不收這種制式簡訊，所以不知道台灣的氣象報告如何，
不過整體大陸的確在五四的情懷裡。
整個國家都浪漫不可收拾。
我猜是文革時期把大家的感情壓得太死，
所有人有點像從文革後才開始成長，
大陸人的感情，照我以文革為起點的算法，
正是二十郎當歲。
他們的熱情也就像年輕人，
豐沛，而且帶點傻氣。

我在大陸跟北京網友通話，
才聽了我聲音就決定跟我一輩子啦。
我的天，聲音能代表什麼呀，
而且實在不是小夥子，也五十來歲啦。
至少我在台灣沒碰見這種人。

我每天起了床，
就開始打噴嚏，整整要打半小時左右。
很辛苦的把我的地盤裡都佈滿了我專有的細菌，
確定任何小偷只要進入我房裡就立刻會染上致死重症。
這是開玩笑的啦。不過我是眞不知道我怎麼回事，
在台灣也一樣，只要起了床就開始打噴嚏，
只要想睡覺了就開始不停的咳嗽。
有一天跟大夥聊天，後來我開始咳嗽。
我一咳，隔壁那人也開始咳。
他邊咳邊解釋：「我這老毛病，一想睡覺就咳嗽。」
我就在那剎那立刻愛上他。
好像看到了自己的分身或失散的骨肉。

我因爲趕稿，劇組買一堆零食放屋裡讓我半夜吃。
青島零嘴眞怪極了。有一種「魚骨頭」，眞的完完全全的魚骨頭，
跟畢飛的畫似的。中間一根主心骨，兩邊箭鏃似斜刺出去的細骨。
我挺好奇那肉都上哪去了。

味道還不錯，香，脆，很多鈣質。
每天晚上寫稿時喀崩喀崩嚼著，
就有點覺得自己在鬼屋裡，不過不大怕，
因爲我就是那鬼。

118. 我的窗外

來青島才一個月，因為被壓搾得很厲害，
每天都忙，感覺上像已經過了好久好久。
今天是來青島紀念日，「月」紀念日。
自己給自己慶祝，發懶半小時，坐在窗口邊喝咖啡邊看窗外。

窗外幾乎每天都有遊人。我就奇怪，大陸人不上班不上學嗎？
怎麼從禮拜一到禮拜日都有人遊蕩呢。
後來才聽服務員說，青島是風景區，會出現在這兒的，多半都是來度假的。
這兩天陽光普照。有個人從早上九點開始就平躺在石頭上。
真羨慕他。舒服得像條狗。
我隔一陣子去看看他曬夠了沒有。
看到下午一點他還在，我猜他是睡著了。因為天冷，這樣躺著想必很舒服吧。

昨天假日，窗外熱鬧得厲害，到處都忙得很。
海面上突然出現一堆遊艇，來來往往，
在海面上拖出長長的白色花浪，煞是好看。
礁石間也有好多人走來走去。
面海一塊最高的石頭上，有個人披著解放軍大衣面海坐著。

有件事我不明白，就是台灣的軍裝為什麼那麼醜？
中共解放軍的服裝是隨蘇俄體制，豎領，寬肩，直筒腰身，
非常非常非常帥。
我坐在那位解放軍老兄背後，跟他相距六百公尺，
拚命用念力想叫他回頭站起來讓我看看。
不過他不動如山，就面海，金鐘罩似的定在石頭上。
後來我的 celebrate hour 到了，
本人就非常認份的回到桌前打電腦了。

119. 大陸偶像

我第一次看到大陸新疆歌手艾爾肯（Arken）時嚇了一跳，因爲太帥了，完全不像中國人。

他的長相有點像鋼琴龐克邁克森，不過留著長髮。

艾爾肯是維吾爾人。

六四時的民運領袖，現在住在台灣成了台灣女婿的吾爾開希也是維吾爾人。

維吾爾人八成是當年成吉思汗鐵騎橫掃歐亞時，從歐洲抓回來的戰俘的後代，因爲他們完全是西方人，一點漢民族特色都沒有。

去年我在北京，看到一場表演，那時就很驚奇，大陸怎麼會有這樣搖滾的團體。當時他們唱的歌是〈花兒爲什麼這樣紅〉。

我一向認爲黑白兩色是最要命的，

非得底子好得不得了的人，
要非常美，和非常帥，
才可以只用黑白兩色來打扮自己。
這個band，全部成員都穿白襯衫黑長褲加馬靴，
套一件民族風的背心，
全體長髮，帥得不得了。

今天才知道原來這是艾爾肯和他的艾爾肯樂隊。
不知道台灣爲什麼沒引進，可比五月天帥多啦。

艾爾肯才27歲。
雖然媒體上把他塑造得很深沉。
其實他是很單純的，
他就只在音樂裡自在，
在採訪或其他時候，他有點害羞，
比較像我們對邊疆民族的固定印象。

眞說起來，艾爾肯的唱普通，
他的強項是吉他。他的吉他出神入化，
在他的專輯裡，吉他幾乎搶去歌聲的風采。
所以艾爾肯除了唱片，他還出吉他樂譜，
顯然對自己這份才能是有相當自信的。

艾爾肯的歌聲不如刀郎。
同樣是〈花兒爲什麼這樣紅〉，
刀郎版本比較動人，
艾爾肯是從頭到尾的直，欠餘味。
事實上他所有的歌都是直著嗓子喊出來，
好像站在空曠廣大的天空下，
唯一心願只是要讓人聽到。
不像刀郎的歌聲複雜，含藏了許多東西，
聽刀郎，總覺得他要說的比你聽到的更多。
動人的歌，其實不光只在美聲和旋律，

一定和內在有點關連。這年紀不到，有時候沒有辦法。

以下是艾爾肯的介紹。

姓名：艾爾肯・阿布杜拉

民族：維吾爾族

生日：一九七八年十月十八日

艾爾肯，出生於新疆西部的邊陲重鎮喀什，自幼開始學習吉他。一九九九年自中央民族大學畢業後，憑借英俊逼人的面孔、磁性十足的嗓音和一手出神入化的吉他技藝，走上了職業音樂人的道路，並組建了艾爾肯樂隊。

二○○二年，艾爾肯作爲原創歌手參加了北京電視台綜藝節目「春華秋實——歌樂大家來」擂台賽，並蟬聯七屆擂主，獲得年終總冠軍！代表中國選手赴日本參加了由日本富士電視台舉辦的「中日文化交流」活動。

二○○二年末，南寧「國際民歌藝術節」頒獎盛典上，艾爾肯的單曲〈奧達木〉分別獲得了「最佳音樂專輯」和「最佳民歌改編」的殊榮。

二○○三年十一月，艾爾肯獲中華人民共和國文化部主辦的全國聲樂比賽通俗組一等獎。

二〇〇三年十一月，艾爾肯作品〈維族姑娘〉獲南寧「國際民歌藝術節」十大金曲獎。

二〇〇三年十一月，艾爾肯獲二〇〇三（第六屆）上海亞洲音樂節「臻美盃」亞洲新人歌手大賽銀獎；〈愛的要死〉（作曲作詞）獲最佳音樂作品獎。

艾爾肯官方網站

http://www.arkenmusic.com/

〈花兒爲什麼這樣紅〉

http://klmy.highot.net/attachments/month_0602/u6i2+c6qyrLDtA==_rI8AFmzC98aN.mp3

120. 紫色天空

今天青島下雨。
這是我來這裡第一次看見下雨。
一對情侶撐一把粉紫色小傘，從我窗下走過去，
給自己的頭頂上佈了一片粉紫色的小天空。
讓我感覺他們一定很幸福吧。

我這裡網路老跳掉，不過本人也練出了安之若素的本事。
在台灣時沒事就上網，不看新聞就覺得被整個世界拋棄，
現在愛上不上的，生活也沒少什麼。
電視也請他們抬走了，因爲就兩頻道，
而且畫面沙沙的，電視上出現的每個人都像被水淹過或被火燒過。

忽然就開始過起素靜到極點的生活，

每天就喝咖啡，趕本，然後交了稿，睡覺。
發現生活裡原來有那麼多的東西都是可以拿掉的，
拿掉了也一點不缺什麼。
哦，當然還是有音樂，我帶了一大堆MP3來，
網路不通的時候，就聽音樂，
睡覺的時候也聽音樂。
我不在乎哪天眼睛瞎掉，
不過要耳力出問題，那我可是……
我也不知道可是怎樣，到時候再看吧，
說不定也不會太壞的。

121. 五一大假

大陸放五一大假。

基本上五一假期是七天，

不過有時候前後彈性一番，會放到十天。

可以想像在大陸的機場，火車站，公車站的「盛況」。

還好我不必去「度」五一大假，我還是坐在房間裡趕本，

一邊看著窗外頭熱鬧的人群。

眞的是假期呀。

到處是人。人多的時候有個好處，就五光十色了。

我看熱鬧看得目不暇給。

青島這兩日氣溫稍漲，前兩日起大霧，曆書上說過霧消了必定陽光普照。

所以這並不是文學渲染，是事實。

大霧來了，陽光還會遠嗎？

（忽然有點覺得這像是台灣現狀的形容）

這兩天青島氣溫是11～22度。許多遊客都穿了短衣，美麗的女孩子穿著短袖T恤，露著小肚子，甩著馬尾走呀走的。男孩帶棒球帽，夾克，嘻哈褲。還有些外國人。

這些漂亮人物我不大知道他們是國外觀光客，還是大陸本地人。

總之他們讓風景美麗。

還有許多小孩。大陸到現在都一胎制，家家就一個寶貝。

兩家（男女方）三代就只有一個寶貝，所以每個小孩都至少有六個人疼，

但是二十年後，老傢伙沒死的話，這些寶貝就得一個人養六個。

大陸的小孩是很辛苦的。

看到他們腿短短的，穿的明顯是高檔服裝，後頭跟著

爸、媽，祖父、祖母，外祖父、外祖母……

還歡成那副模樣，在馬路上追著小狗跑，

就覺得完全是「無知是幸福的」具體畫面。

前陣子看到人在礁岩上，都是坐著或躺著，頂多依偎著看海。

這一波來的人實際的多，我發現許多人在岩礁縫裡扒來扒去，不知道找什麼。

後來看到有人提了一網籃子海螺離開。

青島這邊的海螺半個手掌大。
肉又厚又甜。而且殼漂亮，絕沒有兩個花紋形狀是相同的。
提著海螺的兩個男人，像孩子似的在馬路上奔跑，
完全可以想見他們的欣喜。
想到他們回到家裡，把海螺往廚房水槽裡一倒，
對妻子說：「老婆，燙來吃。」

如此他們便有了一個不花錢的美麗夜晚。
也許海螺肉配著前一餐剩下的花生米，加上沒喝完的白酒。
可以坐在戶外，看著湛藍色的天空上飄著幾朵星。
地面上飛著些路燈，浮著些人群。

被吃掉的海螺要知道自己完成了什麼，
一定也會覺得幸福吧。

122. 香水有毒

剛才睡覺起來發現網路居然還在通，趕快給大家貼一首不錯聽的歌。
這是大陸女歌手胡揚林唱的。

香水有毒
詞曲：陳超　編曲：江建民

我曾經愛過這樣一個男人
他說我是世上最美的女人
我爲他保留著那一份天眞
關上愛別人的門

也是這個被我深愛的男人
把我變成世上最笨的女人

他說的每句話我都會當眞
他說最愛我的純

胡揚林長的不好看。網路上貼她照片，就有人直說：「好醜。」
網路上就好玩在這一點，大家都忽然很愛管閒事。有人就爲了她的醜，在留言版上貼子飛來飛去。

「長的不咋地！歌唱的也還可以！也算很辛苦了！～」

「你們不知道，胡××長的眞的很醜！照片修出來都只這個樣子，可想到的是她本人長的有多對不起觀眾。」

「聽完〈香水有毒〉我就愛上了這個人！我第一次聽這首歌是朋友放給我聽的
聽完之後就迷上了
這首歌給我的感覺就是好溫柔哦

希望我以後的女朋友是這種類型的。」

「你們是胡××的托吧，她長的像個男人你悶看不出來呀！」

「草你ma說的是她歌好聽　誰讓你他媽的看人了
草你ma的人家難看也不嫁給你啊　你ma比的多管閒事　草你個媽的！」

最近看到楊丞琳台灣開演唱會，名稱叫「美女是王道」。
這其實是大陸一本暢銷小說《我和空姐同居的日子》裡提出來的說法。
其實任何時代都不免俊男美女當道。美女是王道啊，
不戰而屈人，除了美，大概就只有砸大把銀子了。
所以美麗才是金錢，時間未必。

不過美麗的討厭之處是會產生習慣效應。
美女在自己身邊，天天看，到後來也就沒感覺了。
我看過很多身邊是超級大美女的男人說：
「漂亮有什麼用啊。」

明明身邊那女人美的亮晶晶的，
男人說：「長的還可以，當然，不如×××好看。」
相對的，×××身邊那男人正對著你身邊的女人流口水呢。

所以總覺得，長久來看，美好像是不如醜有優勢的。
前面寫過好小孩壞小孩定律。
醜女如果每天進步一點點，所有人的目光都對著你，
美女只要有一點點不完美，所有人都覺得她完了。
我有時看八卦雜誌上刊登美女的醜態，
其實覺得是聰明的作法，把美女打成醜女，等她又美的時候，我們就又開始產生興趣。
美女也要有這種氣魄：
我現在醜怎樣！我就是美得回來！

還是聽胡楊林的歌吧。

我的要求並不高
待我像從前一樣好

可是有一天你說了同樣的話
把別人擁入懷抱

你身上有她的香水味
是我鼻子犯的罪
不該嗅到她的美
擦掉一切陪你睡

你身上有她的香水味
是你賜給的自卑
你要的愛太完美
我永遠都學不會

〈香水有毒〉
http://tech.icxo.com/down/2.wma
胡楊林
http://post.baidu.com/f?kz=91963692

123. 超……超慢的

我這裡網頁超慢。每次開的時候，實在不睡著很難。
每次都……眼睛慢慢……
閉……上……了……ZZZZZZZZZ

我每次終於把網頁給開了，
就像打完了「世界大戰」。
再上我的部落格……
……ZZZZZZZZZZZZZZZZ

無怪乎每次看網頁的時候，
都覺得兩眼模糊，看不大清，
那黏在眼睛上的，肯定是蜘蛛網吧。

今天青島又下雨。
有點鬱卒。
因爲大家都跑出去玩了，
整個製片組，去上海玩去北京玩去通州去……
女一號和男一號都回台灣了。
飯店裡那個服務員，對我滿不錯的。
偷偷過來跟我報訊：
老闆不在，導演在打麻將，副導去卡拉OK了。
「你怎麼不出去玩呢？」

我哪敢啦！
因爲據說大家都跑去玩沒上工的原因，
就是因爲劇本量不夠。
我每天寫稿的時候都感覺旁邊有個火把，
人民幣紮的，正在煙火一般燒著。
拿著火把的是老闆，
他什麼話都不必說，眞的，
只要知道大家都跑去玩，我就已經覺得罪孽深重了。

我很喜歡寫稿，這心情大概工作狂都能瞭解。
對我來說寫東西有點像在玩似的，
腦子裡一堆胡思亂想，像撲蝴蝶一樣把它抓下來。
但是如果被逼著寫，規定每天一定得出個量，
那時候就會很不甘願，很想混。
我是越到火燒眉毛就越是想混，就根本不想碰該寫的東西，
通常陪我鬼混的就是網路，
會上網亂看，亂下載，
混到愛寓的時候就到處找漂亮妹妹，
找才女，找才子。不過說實話才女好像比較多。

不過最近網路不陪我混了，每次開網頁，
超慢。每次都……眼睛慢慢……
閉……上……了
……ZZZZZZZZZZZZZZZ

還是趕快把劇本寫完回台灣吧。

124. 小壞

我喜歡的那個傢伙，我叫他小壞。
這個小壞，我一直覺得他很有趣。
他有各式各樣好玩的地方。

比如：
那次跟他碰面，我發現他腳上有一個痣。
我就說要拍下來。
小壞二話不說，把他的腳伸出來，
五指箕張，讓我拍了一張他的左腳的照片。
那照片我就帶在身邊，每次看都想笑。
因爲很滑稽，那準備好的，很神氣的，
五根指頭分得開開的，張得大大的腳，
那其實是讓我回想到叫他讓我拍時他立刻「咻」把腳伸出來的樣子。

爲什麼這樣簡單的事會覺得這樣有趣呢，

爲什麼這樣簡單的事讓我回味不完呢？

其實就是因爲實在很愛他。

因爲喜歡他，所以他許多事我都覺得很有趣。

比如他說話時常有發音不準的地方。

他每次說對不對總說成「退不退？」

很含糊的，聲音完全團在嘴裡，說：

「退不退？」

我有時就故意逗他，說些不相干的話，引他說那句「退不退」。

他完全不知道啊，就只是很單純的，很神氣的發表他的理論，

然後說：「退不退退不退！」

而我就像在沙灘上尋覓貝殼一樣，

完全沒看到那廣大的沙灘，只在撿拾那些「退不退」「退不退」。

他知道我沒聽他說話，就很哀怨說：「吼。」

然後說，我要睡覺了。

他要睡的時候，聲音會像退潮一般，逐漸含糊。
彷彿霧逐漸累積。
那時我便在MSN的這頭，小聲的跟他說：
「小壞，我很愛你。」
小壞打鼾，好像沒聽到。
我就又說：「全世界我最愛你。」
小壞忽然醒來，夯夯兩聲，問：
「你說什麼?」
那時就跟他說：「沒有。」
我的愛要讓他帶到夢裡去。
是在現實裡不能披露的話語，
是祕密。

這樣的小壞，是讓我想到他的點點滴滴都會立刻微笑。
想到他的最簡單的小事都會覺得幸福。
這個小壞。

我有一天看到他跟別人說話，

好嚴肅，完全無趣。

啊，原來小壞的可愛也是個祕密呢。

希望除了我，沒有任何人知道。

125. 寵壞了

大陸有個歌手叫胡力，唱了一首歌叫〈我被你寵壞了〉。

歌詞簡單到不行，簡單到有點不知所云，

但是裡頭有種很眞實的感覺。

我被你寵壞了

專輯：《狐狸愛上熊》

詞：胡力、劉洋　曲：胡力　編曲：胡力

喜歡你看我的眼神
喜歡你看我的嘴唇
不做任何裝飾打扮
在你面前我被寵壞

喜歡你聽我的聲音
喜歡你找我的影子
你的故事你的幽默
你的手心你的熱吻

因爲我待小壞就是這樣的。
就是非常喜歡注視他，聽他，看他，嗅聞他。
把他當我的寶貝。
我白癡到看他喝牛奶會看半天。
就是覺得非常有趣。
我以前沒碰過這樣的男生，
我猜小壞大約也有一點表演細胞吧，
總之被我看時他很自在。一副旁若無人的樣子。
他會像小孩一樣，捧著牛奶盒，嘴巴尖尖的啜著吸管。
眼睛睜大大看我。
我跟他說：小壞，我們分開吧。以後不要見面了。

他就瞪大眼看著我，既不傷心也不快樂，

完全不受干擾，說：

「爲什麼？」

我說我不喜歡跟比我小的男人在一塊。

小壞就說：又不是我的錯！

我開始講理由，關於我們爲什麼不應該在一起，

小壞瞪著眼睛看我。邊吸牛奶。

我越說越感傷，而小壞面無表情看著我。

然後他突然跳起來，因爲聽到垃圾車的音樂，他要去丟垃圾。

所以我們直到現在還沒分手。

因爲垃圾車的緣故。

我被你寵壞了

感染了

我被你感染了

我哭了

雖然在你面前
我傷心無疑
可是快樂之後總會帶點傷悲
我被你寵壞了
感染了
我被你感染了
我哭了
試著獨自生活
人群中的冷漠
我終於明白了
我是如此想念
被你寵壞了

〈我被你寵壞了〉
http://club.72g.com/music/song1/2004/2/1021/1/4.wma

126. 編劇

我每天起床，大約下午三到四點。
那時候大半廚房師傅已經休息了，
我那胃不能等，
所以就一邊喝咖啡一邊吃康師傅泡麵。
沒辦法，在必要的時候，
我也可以非常非常之沒有品味的；
而且，加很多的辣椒，
因爲眾所周知：方便麵不擱辣咋吃哇！
吃完了之後再吞一大把維他命。
讓這一大堆東西在我肚子裡打世界大戰，
覺得自己胃裡熱熱的，肯定峰煙四起，
只拜託別像上次又搞成胃穿孔就好。

之後便開始保持：低頭，窩胸，兩肘抬高與身體成90度，
然後手指頭不斷敲擊的姿勢，達十小時，有時更久。
我有時覺得製作單位不把編劇當人的，如果一天寫出了一集量，
（大約27000字，你算算電腦要敲幾下）
他們就面不改色問你：能不能一天出兩集？

所以編劇通常都兩種，一種超肥胖，因爲邊做工邊吃邊喝邊抽菸邊喝酒。
另一種超瘦，因爲邊寫邊喝咖啡邊抽菸邊喝酒邊吃胃藥。
我這是講不偉大的編劇，像我這種。
那種偉大編劇，編《臥虎藏龍》和《人間四月天》之類的，
就聽說非常有品味，
早上晨跑，游泳，每天工作八小時，
下午喝下午茶，晚上吃飲茶……
不，這是我掰的，不過聽說她的寫作是很規律的。
所以通常編劇，如果他是眞正在線上有工作的編劇，都長得像鬼一樣，
男的披頭散髮，女的面黃肌瘦，

兩天當一天用，24小時工作，然後24小時睡覺。
所以有個睿智的老編劇曾經說過：我們這行業是，
「高收入階層，低水平生活」。

我時常工作到半夜，肚子餓了就出來找東西吃。
隔壁是會議室，大家開會在那兒開。
爲了編劇，晚上是不鎖門的。
我時常在會議室裡發現食物，一小包一小包放著。
第二天，那些食物不見了也不會有人吱聲。
我就像整個劇組豢養的幽靈。

127. 蝴蝶

蝴蝶
歌手：胡彥斌　專輯：《音樂密碼 music code》

兩廂情願的幸福
有什麼錯誤
蠻不講理的隔阻
比綁架還要殘酷

門當户對的世俗
害了多少無辜
有情人不能眷屬
人世間那麼多無助

我開始喜歡小壞之後，跟前男友的關係就改善了。
因爲忽然很希望他也快樂，
很希望他能像我愛著小壞一樣，
去愛他的外遇對象。
不過，當然，沒那麼愛的話我也是很高興的。

總之，我不否認，多少有點氣他吧，
我時常會跟他聊小壞。
他總是竭力做出祝福我的態度，
還能怎麼樣呢，先外遇的是他呀，
他總是說：你喜歡就好，不過……
那些「不過」總讓我非常開心，因爲帶酸，可以提味。
我跟他說小壞說他愛我，他就說：哼，還不是你要的！

噯呀，我招認，是我要的！

我每次都規定小壞一定要說他愛我。

他如果忘記或者逃避或者假裝沒有這回事或者……
我就會說：「小壞，說愛我，說三遍。」

我的愛情裡有殘酷的成分，就是：我愛每個人都一樣。
從前是怎樣愛我的男友的，現在便是怎樣的在愛小壞。

烏雲密佈
迎娶的路
心裡早已想好了歸宿
爲愛付出
他的生命已經結束

化作蝴蝶飛舞
天空燦爛奪目
是生命絢麗的藍圖
迎著晨露
無拘無束

以前也會這樣去跟前男友要：「說你愛我。」
他就會很乖說：「我愛你。」
我總覺得你當然要對我說你愛我呀，這是多麼好聽的三個字啊。
我因爲明白聽見的時候會多麼快樂，所以總是喜歡不斷的沒完沒了的，
時時刻刻的告訴我的男人：我很愛你我最愛你你是我的寶貝我世界第一愛你……
一天要對他說八百遍吧。拿我的愛淹死他。
我的愛像蝴蝶啪啪飛舞著去圍繞你了，讓你成爲了世界最美麗的男人，
你難道不該還報我一兩句嗎？
我聽到小壞說我愛你的時候便也覺得自己像是蝴蝶。
也許是不再年輕的蝴蝶，可是我相信我是不再年輕的蝴蝶裡最美的那一隻。

到一個自由的國度
哪怕僅僅是一棵樹
人間可惡
留戀何苦
還不如與蜘蛛爲伍

梁祝一曲流傳千古
是你如泣如訴的苦

〈蝴蝶〉
http://www.kuaikuai.org/sandbox/darknew/blog/fate/Music/HuDie.wma

128. 方文琳

忽然看到方文琳離婚消息。
咦那時不是報說于冠華偷腥是認錯人嗎？
怎麼又變成眞的了？

我這裡台灣網頁開不開，
所以就只看著「中國網」上的那些報導，
胡思亂想了一頓。
從報上看，方文琳還眞是很有擔當，很有風度。
不管是表面功夫或是眞的，方文琳的表現非常有教養。
教養這東西，其實就是要在非常時期顯現的。
平常你不犯我我不犯你的，有教養很容易，
但是眞的事情來了，
如何保持自己有尊嚴的去應對，

那是教養。

不是我在說，現代女性其實非常不一樣了，
不知道男人察覺沒有？
我在工作環境裡碰到的女人，往往比男人更有肩膀，
說一是一，說二是二。女人大概溝通比較強吧，
我發現工作上出問題，男人不是找不到，就是滿口謊言。
反倒是女性夥伴會跟你實話實說，一起坐下來研究解決辦法。
害我都想變成女同性戀了。
因爲實在覺得跟女人在一起比較有安全感。
當然我這年紀要求的安全感跟年輕時是不一樣的。
我現在覺得安全感就是「信任」。一個人你可以信任他，
可以完全相信他的穩定，不變異，這樣就會有安全感。

我對人性其實一直以來都只有一個要求，
就是不要說謊。因爲直覺很強，推理又很強，又編過那麼多故事，
所以只要有一點蛛絲馬跡，我就可以推出全局來，

八九不離十。

所以我討厭人家說謊，因爲很容易被我發現。
在我身邊的人，抓他幾次，證明我有超能力，
他們大半就都開始實話實說了。
你只要實話實說，我的接受彈性是很大的。
因爲你既然承諾了誠實，那我就承諾我要接受面對你的誠實。
不責怪你，至於那個「誠實」會如何難以吞嚥，
那是我自己的事。

如果一個男人願意面對我，像面對他自己，
那我就可以跟他天長地久。
小壞的好處便是絕對不說謊，
他總說：難道你寧願我騙你嗎？
所以，雖然有一些心碎，但是很有安全感。
知道就算最最嚴重的事，他都會老實告訴我，不會隱瞞。
我與前男友現在還能維持不錯關係，很大程度也是因爲都是誠實的。

想到他外遇，愛上另外一個人，其實都只是在面對他自己的眞心，
好像對我的傷害就少一點，好像也就比較容易原諒他。

在大陸，要離婚，只要雙方同意就行，
基本上通姦是不作爲證據的。
所以大陸不抓姦的。一樣有所謂的調查所會去查外遇偷腥什麼的，
但是只爲了當事人心理上的需求，沒有法定效力。
不知道台灣法現在是怎樣，
不過男女之間的事跟「心」有關，
「心」跑掉了，身體抓回來，其實也不代表什麼。

129. 跳舞

我年輕的時候是舞棍。很愛跳舞。
因爲射手座，所以是自由派的，反正群魔亂舞一番便是，什麼交際舞啥啥，隨學隨忘，還花錢去學咧，到現在跳起探戈還是人仰馬翻，只有扭扭沒問題，因爲基本上跳扭扭舞跟舞伴不必有交集。
但是我還是喜歡交際舞的倫巴啥啥的，喜歡轉圈子，男人伸著手，然後就非常巧妙的轉進他的懷裡，非常美妙的感覺。

我跟舞蹈家朋友聊天，她年輕的時候也是「跳舞壞女孩」，我們那年代好女孩不跳舞的。
講起她當年如何瘋跳舞，旁聽的，她那非常文靜的二十來歲的兒子，滿臉我們是老不修的表情。

拜託，我們這把年紀也不是一生下來就是的。

離開台灣之前，去找她玩。
她非常有美感，沒學過洋裁，可是會自己做衣服，
我做衣服的毛病就是跟她學來。因爲她對衣服的剪裁方式完全破格，
多半手抓一抓，在重點部位縫合，就變成很美的衣服，
當然不是那種四平八穩型的，但是穿著非常舒適，而且樣式簡單大方。
穿了那樣的衣服，你會覺得心也隨之自在。身體要如何伸展都行。

她有很長一段時間，在舞蹈家身分退隱的時候，幫許多舞團和演出團體做衣服。

我時常覺得萬事其實就是個概念而已，
不同的概念產生不同的結果。
以穿衣服來說，有人的概念是要與眾不同，
有人是要舒適，有人是要美麗。
不同的概念讓我們穿不同的衣服。

舞蹈家因爲長年做衣服，而且是做跳舞的衣服，
所以她對衣服和布料的概念與我們一般完全不同。
那天在她家，她有很大的客廳，而且很空曠。
她拿出她收藏的，非常鍾愛的一些布料，和邊疆民族的服裝給我看。
爲了讓我理解那些衣服有多麼美，她穿給我看，
因爲穿了美麗的衣服，她就開始跳舞。

爲什麼不跳舞呢？
在自己覺得很美麗的時候，爲什麼不跳舞呢？
邊疆民族的禮服，盛裝，基本上都是爲了跳舞裁製的。
在舞動的時候，服裝的線條，一些隱藏的花邊，美麗的縐褶，都出現了。
穿著這樣美的衣服而只是佇立不動，眞是暴殄天物呀。
我認識她那麼多年，第一次領略她的舞是從生活中出發的，
是從她自己的愛和喜悅的心裡出發的。

後來我們就放了音樂一起跳舞。
是希臘音樂，而我們穿著西雙版納的傜族服裝，

在地板上奔過來又躍過去，
跳著我們自創的，隨手足去自由發揮的舞蹈。

過了很棒的一個下午。

我現在在青島，房間裡大約六坪，因爲雜物都叫他們搬走了，
所以空間很大。每次聽音樂聽高興了，就會起來跳舞。
那感覺實在很好，自己一個人隨著音樂舞動，感覺自己的關節喀啦啦拉開了。
隨著音樂節奏身子彈動，好像心也飛起來了。

有一次和小壞聊天，
他說到他在家裡邊看電視會邊做運動。
說著就從床上下來做給我看。
小壞有非常漂亮的，比例絕佳，肌肉勻稱結實的身體。
他全裸，單腳站立，將另一腿慢慢向後推，舉高，之後再放下來。
那眞是我一生所見最美麗的舞蹈畫面。

跟各位分享我的跳舞音樂。

胡彥斌：〈天若有情〉

http://song.feifa-radio.com/h/20060316/yanBing/6.Wma

沙寶亮：〈一生一世〉

http://211.69.16.12/song/dalu/shabl/1314.mp3

Michael Bolton: "Dance with Me"

http://www.sakura-restaurant.de/music/Michael_Bolton_-_Dance_with_Me.mp3

130. 沒心沒肺

有比我更睿智的朋友看了我〈方文琳〉那篇日記，說我那句話不對。

什麼：「心」跑掉了，身體抓回來，其實也沒有用。

當然有用，她說：因爲形式影響內容，只要把那個人拘在身邊，日子久了，他會死心的，等死了心，心自然會回到原來那個殼子裡。

這話也有道理。其實周圍環境中不乏這樣的例子，不讓那個人走，磨他幾年，當時那種生死以之的熱情一定會退，反正時間會讓一切勝利，看誰拗得比較久。

但是我是覺得：浪費那個時間幹什麼！

你要去做一個人的心的獄卒的時候，
其實是自己和那個人一起被關起來，
只是一個在門裡，一個在門外而已。

失戀無罪

作詞：林夕　作曲：劉勇志　編曲：馮文甫

你說我對你　緊緊跟隨
你覺得疲憊
你一句話就　逼我撤退
沒想到你說　最近選擇
一個人睡
我忍住眼淚　我尊重眼淚
……

人生裡遇到不好的事，
不管是被欺負，或被背叛，

我一直覺得不用去報復或爭論，
走開便是。
不是我大度，
而是讓自己一直停留在那個坑洞裡，
我想不出有什麼意義。

不好的人，知道了就不要理他。
不好的事，下次便知道如何避開。
跑掉的心就讓他跑掉，
不愛你的人，那就也不要愛他。
我的愛是珍貴的，我的心也是很珍貴的。
要給懂得珍惜的人。
所以一在對方面前貶値的時候，
就趕快拿走，不要搞到跌停板。
不過話說得簡單，當初我男友外遇，
我自己也是奮鬥半年才跳出來的。

我們在一起超過十年，我花半年完全復原，想來是射手座沒心沒肺的優點。

不過心裡眞正的想法其實是趕快去做該做的事，喜歡做的事，人生苦短呀。

有人說自己的人生沒有目標，過得渾渾噩噩。

我不太知道你是怎樣界定所謂目標的。

好好過日子，就是目標啦，過得開心，充實，就是目標啦。

遇到了生命中的橫逆，如果會告訴自己，不行！我沒有時間耽溺，因爲我還有什麼什麼必須要做，那個什麼什麼就是你的人生目標了。

因爲你爲了它會改變自己，會逼自己向前走。

那個東西也就會帶你脫離谷底的。

孤獨萬歲　失戀無罪

誰保證一覺醒來有人陪

我對於人性　早有預備

還不算太黑

獨身萬歲　失戀無罪
愛不夠愛你的人才受罪
用過去悲傷換來自由
難道不珍貴

一個人崩潰
不是在犯罪

黃愛玲 aLin：〈失戀無罪〉
http://221.202.78.221:8080/mp3/hnv/hll/1/1.wma

131.
痛

我認識的小朋友遭逢家變。
說自己痛徹心肺。

他說他用一種最殘酷的方式來治療自己，
就是去凝視那個痛，去注視那個傷口。

尼采有句話：你注視黑洞的時候，
黑洞也在注視著你。

所以小朋友沒有想到吧？
你在注視那傷口的時候，
傷口也在注視你。

最後究竟是誰會吞噬誰呢？

132. 我喜歡阿莫多瓦

在電影《悄悄告訴她》落幕時有一段舞蹈，
很舒適，片頭也有一段舞蹈。片頭的舞蹈的紛亂和痛苦，
跟片尾舞蹈的甜適正成對比。
我覺得那就是愛的眞正意義：
是要使紛亂的穩定，
使痛苦的平安，
使掙扎的休息，
眞正的愛，一定是回歸到甜適和安定的。
最後那一段簡單的，平靜和美好的雙人舞蹈，就給我這種感覺。

很多年前，我從一個導演朋友那裡看到《綁上綁下》。
那是第一次認識阿莫多瓦。
阿莫多瓦，用台灣的說法，就是很「聳」，

這大約是《不良教育》他拍成那樣的原因。

那是阿莫多瓦自己早年的痛苦回憶，但是他把它拍成了愛的故事。

面對痛苦，唯有寬諒。否則不能解脫的不是對方，是你自己。

133. 愛上一個人

朋友的故事。

這是一個非常特殊的男人。
朋友形容他非常純淨，像孩子一樣，或者說：
像天使一樣。

我不知道你們有沒有碰過這種人，
我是碰過的。這種人是來人世晃蕩的。
他們無論男女，都有種乾淨到不可思議的氣質，
就算年紀一把了，看起來還是像童男童女。
生命中只要見過這樣的人，永遠不會忘記的。

我在年少的時候見過一個，

他是一位前輩詩人的丈夫。
女詩人在文壇上評價很高，她的詩以空靈著稱，
但是嫁給這個男人之後，她成為一個商人。
我第一次見到他們的時候，
夫妻倆都五十來歲了。
妻子已經從當年的空靈才女轉成了很普通的，老練的女強人。
而那男人走出來的時候，你明顯可以看出，
沒有任何東西在他身上留下痕跡。
歲月，經歷，感情……都沒有。
他非常的清秀，乾淨，就像才從水裡頭漂洗過一般，
帶著透明感。
他跟我們一起吃飯，不大說話，不大微笑，
只是很專心的，緩慢的吃著東西。
非常的非常的文靜，安靜，秀氣，空靈。
而女主人輕聲的，像是怕驚擾什麼似的跟他講話，
旁邊坐著及齡的大兒子，
但是那父親像是家裡最年幼的。

後來吃完了飯，我們在客廳聊天，

男人便坐在一張搖椅上。慢慢的搖晃著，聽我們說話。

很多年後，我依然記得那張我只見過一次的臉，記得他的五官，

記得他額頭上柔柔的灰髮垂下來的樣子。

只要看他一眼，你就明白爲什麼一個女人願意爲他犧牲到這樣。

對於這樣的人，你除了愛他，沒有別的辦法。

我的好友就是碰到了這樣一個對象。

兩個人是大學同學。男人永遠坐在角落位置，

永遠在教授講課時看著窗外。

他很安靜，你跟他微笑，他會回你一個微笑。總是獨來獨往。

後來我的朋友就開始專門坐他旁邊的座位。

他還是一樣，倚靠在椅子上，看著窗外。也不打瞌睡。也不蹺課。

兩個人後來進展到下課時一起回家。

女孩子在他旁邊不停的說話，男人只是安靜的傾聽，微笑。

跟他認識了四年多，對他還是近乎一無所知。不是男人不肯說，

問他什麼他一定回答的，但是，他給的答案那樣簡單，你會覺得你還是什麼都不知道。

後來，有一天，女孩子就說：我們結婚吧。

男人就說：好。

於是兩人就結婚了。

結婚之後還是一樣，這男人用他自己的步調過日子。

他在大學裡做事，每天下了班不回家。

問他爲什麼不回家？他說他在研究室看實驗的白老鼠，覺得白老鼠很有趣。

後來老婆就在家裡養了白老鼠，他回家看了一陣子，又不回家了。

問他去哪裡？他去看人打撞球，覺得打撞球很有趣。

老婆監視了幾天，發現他眞的是去「看人打撞球」，自己並不打，也沒興趣學，但是他坐在旁邊可以看好幾個小時。

他看打撞球看了一陣子，又換了別的興趣。

老婆抗議了，叫他一定要下了班先回家。

他回來了。很乖的坐在沙發上轉遙控器，時候到了上床去。

他那樣明顯的毫無生氣，最後老婆就跟他說，隨便你好了。
於是他就又開始用他自己的步調生活。

你沒法對他生氣。他總是很安靜，你要怎樣，他都答應，
你在他面前哭，跳腳，憤怒，譴責，
他還是那樣子，沒有反應，不受干擾。
你要什麼，他都給你。你不許他什麼，他都答應。
後來，結婚一年後的某一天，
妻子回來說：「我要離婚。」
男人便說：「好啊。」
妻子哭得非常厲害，男人只是看著她。
後來女人說：「我懷孕了，不是你的。」
這男人說：「這樣你還要離婚？生出來的孩子沒有父親怎麼行？」
後來就沒有離婚。

女人生下了孩子，跟男人一同養這小孩。
男人很喜歡這孩子。常常帶著小孩出去玩。

把小孩扛在肩上，好像這是他自己的孩子。
後來，小孩子的生父，處理了自己的婚姻，決定娶女人。
女人回去告訴她的丈夫。
這男人說：「好啊。」
女人把孩子一起帶走，與新的男人去組織家庭。
這個男人，站在門口看著女人帶著孩子離去，
手插在口袋裡，什麼表情也沒有。

女人再婚以後，有一天，回去看那個男人。
他不在家。她在屋子裡等到天黑，男人才回來。
說他去看飛機。這是他最新的興趣。
他到機場附近的草地上躺下來，看天上的飛機飛過去。
女人哭起來。離開之後才開始瞭解他。
他就是這樣簡單的一個人。簡單到你不相信世界上可以有人這樣簡單。
他就是這樣純淨的人，純淨到你不相信世界上可以有人這樣純淨。

這男人的名字裡有一個「仙」字。

我的朋友說，最初認識他時覺得這名字嫌女性化，後來發現與他再貼合沒有了。想來作父母的是很早就體認到這孩子的與眾不同。

「仙」現在也五十多了，頭髮白了，不過眼神非常乾淨，你跟他說什麼，他只是微微笑著，安靜，並且專注的聽著。

我的女朋友每個禮拜都會去看他，替他整理屋子，給冰箱補貨，並且叮嚀他要討個老婆，因爲自己不會照顧他一輩子。

但是她也知道仙不可能再娶。

他不是來這世間傳宗接代的，他甚至不是來這世間揚名立萬的，他只是來這世間晃蕩，到處走走看看。

他不沾不染，心如明鏡，你除了單純的愛他，沒有別的辦法。

134. 北京日記（一）

來北京之前，製作人剛從北京回青島。說北京30度，熱得受不了。所以只帶了些薄衣裳過來。一件外套也沒帶。

結果來到北京，發現上當。好冷。

逼的得買件外套。還有，好乾。我才住一天，就感覺自己臉孔皮膚像某種彩釉一樣產生「碎冰紋」。

純粹從美學觀點看，說不定一張龜裂的臉比我目前的臉孔更有味道也說不定。

這次住的飯店，一定要跟大家推廣一下。

多少錢我不知道啦，反正錢不是我出的。

總之功能性太強了。

有廚房爐灶洗衣機冰箱，跟各位報告，我青島房間是沒這些的，連冰箱也沒有。雖然有很漂亮的窗外風景。

說實話，冰箱和 view，我當然是要 view 的。

總之進駐一小時之後，生活製片就跑去給我採購了一堆有的沒的把我的冰箱給塞滿了。一副要讓我長治久安的樣子。

我那時奉命來北京，被恐嚇說：不能上網，不能打長途電話。因爲我在青島，最主要的娛樂活動就是這兩項。

他覺得我寫本不專心。害我離開青島時，哀哀昭告諸親友，一副自己要被放逐到阿里不搭的模樣。

結果一進房，哇哩咧，不但有電視，還有電腦呢，我不知道老闆知不知道這件事，幸好他不會進我房間。

電腦是全天候上網，所以本人就非常認眞的玩了半天網路，一直到被叫去開會。

開會從下午四點開到晚上兩點。

其間，大陸那邊的編審每隔半小時就接到一次他老婆電話。過了午夜之後頻率變成十分鐘一次。

會終於開完之後，編審又打電話來繼續交代他覺得沒交代清楚的部分，每五分鐘一通，講了三通才講完。

我想像著一種畫面：他老婆很悶的躺在他旁邊，而這老公沒完沒了的打電話。

那老婆如果不生氣，那眞是很偉大了。

135. 北京日記（二）

我覺得這事很滑稽。
我在青島，服務員看我整天悶在屋子裡，會偷偷告訴我：
他們都不在，你可以出去玩玩呢。
這次來北京，北京編審語重心長告訴我：
「要抓緊工作，不要玩得太多。」
我不知道他從哪一點看出我是那種「玩得太多」的型。
被人誤會是「玩得太多型」我其實挺高興。
也許我外表看起來很活躍吧，很不務正業吧，很愛玩，很不安於室吧。
哈哈。
到我這個年紀，其實這話就變成讚美。
有一件事讓我好高興。
我住的賓館外頭，有一家咖啡店，

哇，不騙你，活生生就叫「C'est La Vie」。
這是我正在編的那部電視劇的主場景，
戲裡頭的人沒事就坐在「C'est La Vie」裡聊天喝酒。
我就在外頭探頭探腦看半天，看裡面有沒有我寫的那些人。
如果在這裡住久了，說不定有一天眞會看到我的劇中人物一邊聊天一邊從「C'est La Vie」裡走出來吧。

我這裡是南三里屯路。這地名還保留「歷史」的氣息，
如果純看地名，我可能會想像大漠荒煙，
中間一棟小茅屋。
不過當然現在的南三里屯很都市化了。
今天的北京很熱，我們上午十點出去開會，
陽光燦得讓人睜不開眼。這裡的公家單位在安全島隔籬上種著玫瑰。
我眞是從來沒看過這樣龐大，萎靡，奄奄一息，骯髒和可憐的玫瑰。
足爲焚琴煮鶴另一解。

下午回來的時候五點。北京也塞車，

車子在馬路上邊走邊停，
還是熱得不得了，
但是車窗外可以看到遠遠的藍天上飄著風箏。
一條魚，還有一隻鳥。
魚和鳥一起在天空上飛。

136. 北京日記（三）

北京這編審，就是前頭說過老婆一直打電話的那個。
我跟他滿投合。啊，都一把年紀了居然也會碰到這樣談得來的人。
所以人生還是充滿驚奇的。

編審大人很年輕，大概30歲出頭吧。
沒辦法，我也不知道爲什麼總是碰到年紀輕的人。
我也好奇跟我一般歲數的人都到哪裡去了，
說不定都快退休了在享福吧，只有我還在到處奔忙。
不過說句實話，我實在不願意做閒人。
我看過那些時間太多的人，
閒著沒事幹，自己胡思亂想折騰自己折騰身邊人。
我喜歡手邊有事情忙不完，
專心忙的時候，有一件奇怪的事，就是日子過得很「省」。

我時常大忙一頓，覺得起碼也三個月過去了，
一算日子，呀，才過了兩天。

一般觀念以爲忙的時候時間過得快，
我覺得才慢呢，
反倒是沒事幹的時候，時間走得飛快，一眨眼，
兩天過去了，一禮拜過去了，一個月過去了。
一年過去了。

137. 關於愛

北京人說起話來一串一串的。

格言金句特多。
我們這編審大人就十分之有學問。
他科班出身，「上戲」畢業的，「上海戲劇學院」。

關於愛，他說：
「被愛的時候是不懂得愛的，要去愛了，才知道愛是怎麼回事。」

這話我深有同感。
最簡單的明證就是父母愛小孩，
要是你不偶爾把你的愛給抽回一下，
小孩一輩子不懂你原來很愛他。

給他的都覺得理所當然，
不給他的就叫：「你不愛我。」
然後就一副你從來沒有愛過他的模樣。

會叫「你不愛我」的，大半都是被愛了很多的人。
能夠這樣簡單就把愛或不愛的結論說出來的人，
只認識了愛的表層吧，
不知道挖深了的時候，裡頭其實有臭氣有血水有垃圾，
有生命也有死亡。有愛也有不愛，有無情也有深情。

所以據此來推斷。
我大概沒有愛過你吧。
哇哇大叫半天，也還是可以清醒了回去做當做的事。
你大概也沒愛過我吧？
因爲你好像沒對我生過氣。
我大概天蠍作祟，（我火星天蠍）

不搞到痛，總覺得這愛不是眞的。
不痛就沒進到心裡去。

不成，稿寫太多了，腦袋有點糨糊了。
我也不知道我在說什麼。
因爲我其實求的不也是安全的，溫暖平適的愛嗎？

在大陸有次看電視，轉到某個頻道的時候，看見被訪問者手上抓了一疊紙在哭。
這個哭泣的女人，很醜，很老，講話是山東侉腔，
實在跟瓊瑤電影裡的角色有很大差距，
但是我把節目看完，完全被感動，
從來沒聽過這樣動人的愛情故事。

這女人的愛人得了老年癡呆症，
這個病滿複雜，在她先生這部分，這男人的症狀是記憶逐漸喪失，
他什麼也記不起來，而且忘掉的就完全忘掉了。

兩個人是尋常夫妻，女人做小攤販，
男人踩三輪車。
兩個人都有過去，但是相見的時候，起碼兩個人是乾乾淨淨的，
雙方都離了婚。這樣一對市井夫妻，完全不起眼，
但是非常相愛。兩個人在一起一年之後，男人發病了。
他不能踩三輪了，因爲他出了門他就忘記了家在哪裡。
後來女人就把他鎖在屋子裡。給他準備了吃的喝的，
可是不讓他出去，因爲他一出去就再也找不回來。

這男人也沒反抗，大約也知道自己的狀況。
每天起了床，送女人出了門，就讓自己反鎖在屋子裡。
後來女人就發現他在寫東西，
日曆的背面，包裝紙的背面，報紙的空隙處，
男人都拿來寫。

他寫的事很簡單，幾年幾月幾日，和女人去哪裡吃了五毛錢燒雞，一人一碗麵。
幾月幾日，兩人去逛西大街，滿街都是人，

幾月幾日，女人買了花生米回來，給他配白酒喝。

幾月幾日……

至簡單的小事，但是他反覆的寫了又寫，
你明明白白看出，他在記憶逐漸喪失，
知道自己會把一切都遺忘的時候，
他唯一想留下的，希望記著的，就是他跟女人的這些記憶。

在節目裡，女人出示了，至少也有上萬張的紙吧，
都是凌亂的，隨手扯來寫的，
這時候的男人，已經完成了他的病的過程，
兩個人還在一起，但是男人完全忘記她了。
女人每次回家，男人都要問：「你打哪來的？找誰呀？」
她一出門他就忘了她。
但是女人還守著他，已經守了快十年了。
她把那些已經發黃的，發脆的紙張送到主持人面前讓她看。
在男人最後那段日子，他記下他唯一希望記住的東西：

紙上頭密密麻麻，全是那女人的名字。

我後來把這個情節寫在我的戲裡。

這是眞實的故事。

眞正美麗的愛，有時候是藏在垃圾堆裡的。

138. 累了

我累了。反正就是累了。
我覺得我來這裡兩個月一直在趕工拚命的階段，
如果可以規律的寫稿，偶爾趕工，那還可以對付，
但是趕到現在，每天都在趕。
全世界的人都知道，加班不可以是常態，
而且我加班還都是加二十四小時咧。

現在一切又要重來，我覺得休息不夠，
效率很差，馬上要面對更大更長的加班時間，
（他們就快要開鏡了，再也不能拖了）
啊，好像一塊我扛不起的大石頭人家全部放在我身上，
想到就很想去睡覺。
讓它壓死算了。

我其實很喜歡寫東西。

我說眞的，不給我錢我都願意寫。

只要：

1. **把我家裡給照顧好**。包括我每個家人大小事，付帳單，東西壞了修理，小孩不上學負責訓話，女兒遇人不淑負責去跟那個男人打架。

2. **要把我照顧好**。餵豬一樣每天餵，不光是餵吃的，還要餵愛。你要養過豬你就知道，豬一天不只吃三頓的。我哭的時候要來摸頭，我累的時候要來幫我按摩，想愛愛的時候要讓我愛。另外別讓我管外頭那些事，什麼跟人談價碼啦，提條件啦，催款啦……滴滴答答。我遇到這種事就完全只想回床上去蒙住頭睡覺。

3. **給我一個房間**，每天有人打掃，**給我一個人**，讓我每天可以抱著他睡覺。

4. **給我時間**，讓我用我自己的頻率出稿，別趕趕趕。讓我有休息時間。

誰能幫我負責這一切，那我就願意賣給他了。我可是一人企業，產值很高的。

而且如果能維持規律，每年有一定的「產品」出來，將來一定有增值的可能。

因爲書出越多，就越容易占有市場，

劇本寫越多，就越容易出名，價錢就會越高。

我就是討厭除了寫稿之外的一切其他事情，也不大會處理。

有時寫寫稿就停下來幻想有這麼一個重要人物會來替我 cover 一切，不過直到現在，這個人還是沒有出現。

139. 期許

你說你的工作內容，其實我也知道哇，
我母親曾經住院兩個月，她……應該是骨刺吧，
人完全不能動，開刀後也只能在有人協助時做局部的轉動，
而且非常艱難非常慢……
這你也許比我更清楚。

那時我見過特別護士是如何照料她的。
你說的那些事，
德蕾莎修女也是這樣做的，對那些她收容的人。

我其實第一次聽見你說要開安養院，
就覺得你在做的是了不起的事。
看你的信，會覺得你可能沒有試著從另一個角度來看這件事。

我看一點「新時代」書籍。
裡面對於我們爲何來到人世，
我覺得說法很好。
他說我們的命運，我們要碰到什麼人，碰到什麼事，
基本上是我們選擇的，
我們願意是什麼外表，有怎樣的背景，會具備什麼才能，
也是我們所選擇的。

因爲人間，就像是一所大學還是什麼，
我們來此是爲了學習，讓自己達到更有智慧的層次。
而那「更有智慧」，在我的理解，我認爲就是「視人如己」，
就是去體會不同的人的不同的想法，體會不同的人的
脆弱，低能，黑暗，殘酷，甚或背德行爲下的不得已。

人面對苦難或挫折，時常會有兩種選擇：
一種人是變得柔軟，因爲他瞭解自己也有不足不能，

瞭解在挫折中自己會變得如何軟弱無助，
從而學會了同情別人的軟弱和痛苦。
也有另一種人選擇讓自己堅硬，
讓自己的心包起一層硬殼，
看到別人不能承擔創痛，
便說：我都能夠，你不能夠證明你沒有用。

我猜想在神的眼光裡，這兩種人都有需要吧。
我想神看人不是從善惡或好壞看的，對神來說：
劊子手和醫生是一樣的。
虐人者和被虐者是一樣的，
他們只是在不同的時段裡的顯像，
在內在，可能壞人和好人一樣善良，
好人和壞人一樣邪惡，
只看我們是在哪一個時段中遇見他們。
這好像有點講遠了。

不過，在我，我遇到任何事情，想到新時代學說裡說：
「這是我的選擇」，似乎就可以站在比較高處來看這整件事，
似乎就可以把傷害減低到最小，
就像對前男友，想到他也有他的挫折，欲望，有他自己的不能填補的空洞，
想到我自己也有很可惡的時候，就覺得他外遇其實也滿合理的，
事實上，接受他的外遇之後，我便也比較容易復原了。

所以跟你講「新時代」學說，其實是想請你思考：
或許照顧臨終病人，也是你在投胎前爲自己選擇的「天命」哩。

人總是孤獨的，而死亡尤其孤獨。
所以我有時候覺得在大災難中身死，可能是幸運的，
因爲有一大群人陪著你一起死，
置身在那浩大的死亡隊伍中，也許便不會覺得那樣的恐懼和無知吧。
而我們死亡的時候，
陪在我們身邊的，除了孤獨和無知，其實就是你們了。

所以，可以去照顧安寧病房，我認為是前世發過大願的人，
而能夠守護一個陌生人的死亡，其實是一種大福報。
你要他安寧，他便安寧了，你要他幸福，他便幸福了。
沒有任何人能夠對另一個人有這樣巨大的影響。
父母對子女不能，情人對情人不能，至愛和至恨都做不到，
但是你可以做到。

佛教裡說：人的臨終一念可以決定他是上天界還是墜入六道輪迴。
你給他安慰，他便帶著歡喜往生去了，
你給他疏忽，他便帶著怨恨往生去了。
你是他喝的最後一口水，吃的最後一口食物，呼吸的最後一口氣，
看到的最後一個影像，觸摸到的最後一絲溫暖，
你對他的態度承載了他對這個人世最後的印象，
做這樣一個人，難道不是需要大福報嗎？

我可能過於高調，畢竟我不是從事這種工作，也許不是真正懂得你的辛苦，
不過，我期望你可以看到你自己的大能力，
而不要只把心念落在這工作的瑣碎污穢和卑微上。

140. 觸碰

在許爾文・努蘭的《蛇杖的傳人》裡看到這個故事。

知名的佈道家威廉・斯洛恩・柯芬（Willian Sloane Coffin）
曾經在八〇年代得到重病。
當時他在許爾文・努蘭任職的新港醫院裡。

照許爾文・努蘭的形容：
他當時是得了嚴重的肺炎，肺部完全化膿，高燒到華氏102度，
所有治療方式完全無效，最後決定作肺部大手術，
然而當時這手術風險非常大，而且也不能保證成功；
決定動這手術，差不多也就是「死馬當做活馬醫」的意思。

手術安排在星期三，

但是，在星期二傍晚，好像發生奇蹟一般，
病人的熱度忽然消退，所有症狀緩解，
手術因此立即取消。
而之後，病人復元的非常快，不久就出院了。

在許爾文．努蘭這本書裡談到一個關於醫療這件事的基本理論，
這理論是從希臘時代延續到現在的，
最早提出這理論的是西方的醫學之神希波克拉提斯。

我看到這一部分的時候，十分驚奇，
因爲他們認爲人類會有疾病，是因爲體內的「四大體液」不平衡所致，
這四大體液與「火」「空氣」「土」「水」四大元素有直接關係，
四大體液在平衡狀態時，人體便是健康的，另外，
人體會隨著季節或環境自動調節這四大體液的平衡。

所以醫療的基本概念便是：有了疾病的時候，
「人體自然會治療自己。」

這疾病，許爾文．努蘭這裡特別說：「是從最小的感冒到最嚴重的癌症。」

所以，所謂醫療，正確觀念是：

「對之進行幫忙，或至少，不做出傷害的事。」

這與藏醫和中醫的理論非常接近了。

所以，關於柯芬肺疾的痊癒，不管多麼不可思議，

基本上，並不被視爲奇蹟，

醫生們只是不知道在開刀前一晚，

究竟發生了什麼事，啓動了病人的自療機制而已。

多年後，許爾文．努蘭跟他的病人重逢，

他提起這件事，而柯芬給他的答覆是：

「是我自己辦到的。」

爲什麼疾病前期，他無法幫助自己，而在那個夜晚，他卻突然改變了呢？

柯芬提到一個當時的實習醫生的名字。他叫比雷．羅雷。

那個夜晚，這個認眞的實習醫生陪了他整個夜晚，

看護著他，他那種希望他的病人痊癒的心願那樣強大，
使得柯芬對自己說：「我不能讓他失望。」
因爲對於這樣認眞的醫生來說，病人死亡，對他是不公平的。
所以柯芬說：「我完全是爲了比雷．羅雷才撐了下來，我不能讓他失望。」

但是，我在這裡並不是要說信心的力量或什麼，
我是想說，在我們生命中，最重要的那個人，
有時候只出現一剎那而已。
柯芬如果不是碰到比雷．羅雷，他可能早就死啦，
但是這個扭轉了他的人生的這個人，
事實上終生沒有再遇見過。他只在他人生中那重要的一刻，
「觸碰」了他，因此使得他的人生完全改觀。

在生命的長河中，眾生隨緣浮沉，
每個人，其實都會在不同的剎那不經意的「觸碰」到另外的人，
這「觸碰」有時候是實質的，有時候是心靈的，
所以我覺得，任何人都不要自認微小，

你的影響力可能在你完全不知道的地方。

我的網頁開在這裡，許多的朋友來來去去，有的留了話，有的默無一言，只留下一顆紅心作爲印記。

我在開啓我的網頁的時候，便會知覺到無數的「觸碰」，而你們是如何的安慰了我，我想你們並不知曉。

141. 知道就知道，不知道就不知道

這個女生告訴我說：
「他知道就知道，不知道就不知道。」

我想那個男人不明白，
在女孩子這裡，這就表示她已經要離開了。
就算身子還在你身邊，
心已經要離開了。

男人不懂吧，
有時候女孩子忽然乖起來了，
忽然不再爭執，
不再要求這要求那，
不再對你生氣，不再對你哭泣，

那表示她已經在打包行李，
準備離開了。

都要走了，
那就不妨甜蜜，給你美麗的微笑，
給你親切的問候，
不會去吵鬧了，
不會讓你煩惱了，
不會要求了，不會憤怒了，

不會計較了。

她會非常寬大，和顏悅色，天使一般。
她會非常美麗，笑嘻嘻的，林志玲一般。
她會非常快樂，好像沒有煩惱，白癡一樣。
男人們不知道吧，在這樣非常容易相處的時候，

女孩就已經在你和他之間築起了一道牆，
只留下一個小小細縫，
上面讓跑馬燈閃著：
「你知道就知道，不知道就不知道。」

等跑馬燈停了，那個細縫也就彌上了。

這時候就是男人放心的對他的哥們說：
「我那口子完全被我擺平了。」
而他那口子已經把心裝在行李箱裡出走的時候。

142. 作女

大陸女作家張抗抗寫了一本書叫《作女》，
後來拍成電視劇，
演這戲的女演員袁泉與我同姓，
是個看上去很明亮，近乎爽朗，一點也看不出有「作」的性格的女孩。
我還滿喜歡她的。

「作」這字大約是南方語言。
我母親南京人，
小時候我們不乖，老媽罵起人來就常用這個「作」字，
她會罵：「你作呀！你作呀！」
還有：「就是愛作！」

這不是專指什麼特定事件，

是泛指的，頂了嘴，晚上不睡，白天不起，
她罵起人來都是說：「你作！」

這「作」，現在想，意思應該跟「鬧」，「攪」的意思差不多，
可是又還超過那些，因為「鬧」和「攪」有時是無意的，
但「作」是明知故為，而且通常是帶有惡意的。
因為會「作」是為了要見到結果，
而又對那結果永無饜足。
所以「作」其實是很有一種無理取鬧或存心找碴或故意彆拗的心態在裡面。

而這「作」，通常都與感情事件有關。
所以小孩會「作」，是為了試探父母親愛自己的程度，
女人「作」，是為了試探情人愛自己的底線。

作女的愛是難以招架的。
一般女人的愛是彎彎小河流，
那麼她的愛是太平洋，

一般女人的愛是溫暖燭光，
那麼她的愛是原子彈爆炸。

如果想談一段所謂的「轟轟烈烈的感情」，
那一定得找作女，她會讓你的一個月像一年，
跟她在一起三個月就像過完了一生，
無論快樂和痛苦都是以幾何級數加倍的。

對作女來說，清淡的感情她沒辦法，
她熱得很慢，但是熱起來之後，退得也很慢，
等她熱起來之後，她是以全部馬力在跑她的熱情的。
而且終身如此。

很奇怪的一點是，
許多作女是處女座，
而不是像一般認爲的天蠍座。

男人遇上了作女，在她「預熱」的那段時期，
她有非常多非常多的「作」，能逼得人發瘋，
那一定得是眞正的愛才能讓你挺得住，
等到你挺過去之後，作女還報你的是沒有任何任何男人可以想像的幸福。

那時你就成爲了她的天，她的地，她的寶貝，她的皇帝，
她視線不會再朝向別人，心房裡也沒有別人，
甚至沒有兒女。
終身如此。

很久很久以前，在朋友家，我見到楊惠珊和張毅夫婦。
當時他們剛在一起五六年吧，
我們聚會了四五個小時，其間楊惠珊默無一言，
只是眼睛看著張毅。

最近看到他們兩人的消息，記者特別形容楊惠珊的情形。
她不大說話，坐在張毅身旁，但是整個採訪過程，

她只是專注而癡慕的看著張毅。

看到這段話，我立即想起的是那麼多年以前看到的畫面。
這麼多年來，這女人的視線從來沒有轉向，
甚至沒有轉向事業，轉向子女，轉向朋友，
還停留在張毅身上。

楊惠珊是一個作女。

被這樣注視的男人，
明白自己被全心全意的愛著，
她就是認爲全世界你最棒你最好。
她就是對你無所不愛無所不喜。
覺得你零缺點。

被這樣的愛包圍的男人，一定也會產生巨大的力量吧。

143. 兩個寂寞不等於一個不孤獨

我眞不敢相信，
我居然也在虛擬的網頁上澆起花來了。

爲什麼會澆花呢？
那是因爲看見你在澆花的關係。
因爲你在澆花，看見你園子裡的，零零散散的玫瑰，
就像傳染病一樣，也開始在自己園子裡種起玫瑰來了。
並且假想著，我的玫瑰園，
在顯示畫面的邊界之外，之外，之外，再之外……
一定就連結到你的玫瑰園了吧。

所以，我就假想著，雖然跟你無法連結，
但是那些玫瑰是可以連結在一塊的，

那些彩色小粉蝶是可以連結在一塊的，
每天跑去澆花，看到那些虛擬的粉蝶撲撲拍著翅膀，
從顯示畫面的邊界之外，之外，之外，再之外……
飛過來，

想必是經過了你的玫瑰園飛過來的，
就假想著，那些閃動的小翅膀上，承載了一些你的氣息吧，
承載了你在澆花的時候，指尖在滑鼠上滑動的指紋吧，
承載了你當時的目光，你當時的心情，你當時的想法……
便想像著：在你的思緒中經過的那八億八萬八千八百八十八個念頭裡，
也許，有一張微小的，稍縱即逝的，模糊的，
我的臉孔吧。

北京的 Bing 知道我在晚上工作，
就時常在半夜一點傳簡訊給我。

他簡訊來：

「有空打電話聊聊吧。」

我就簡訊去：

「好啊，可是還在趕工呢，明天早上要交本，要不就給你撥電話了。」

Bing就說：「那你忙吧。」

但是他還是時常傳簡訊過來：

「北京最近熱得厲害，可以游水了，什麼時候你來，帶你游水去。」

「你還是別來北京的好，最近沙塵暴，走路上風沙磣牙。」

「五一大假，首都裡到處人，還是別來的好。」

「咋可以跟你見個面呢？」

我多半回覆好啊。反正也代表不了什麼，他說見面就說好啊，他說別來吧，我也說好啊。

Bing在教鋼琴。他父親是北大音樂系教授，所以從小，跟他姊姊，學鋼琴，拉小提琴，還會吹長笛。

Bing 也五十了，那他該是經過文革的呀，怎麼會這樣小資產階級呢？

他不大樂意說，我後來問那你是紅五類了，他好像有點慚愧，說：

「也沒那麼紅。」

我們老在半夜通訊息。他不像我，他是八點鐘要去學校教課的，

但是半夜一兩點的時候，Bing 總是醒著。

當然是因爲睡不著。

孤獨的 Bing 孤獨的在夜裡，

孤獨的睡不著。我猜他想找個人講話吧，

但是兩個寂寞不等於一個不孤獨呀，

所以我依舊是回他個簡訊：

「正忙呢，要不就打電話給你了。」

北京的 Bing 很好，唯一的缺點就是他不是你。

我在想我於 Bing，大約也是這樣的對象吧，
我沒什麼不好，只是，我不是某個人。
所以我們就誰也沒那個熱勁當眞去撥電話當眞去見面。
兩個寂寞沒法等於一個不孤獨呀。

144. 缺點就是獨特

天堂裡的人都長得一樣……

說實話，我也不知道啦，這是猜想的。
假如說天堂裡的人都是一般的美麗善良和諧沒有煩惱從來不吵架，
想必到後來就都會長成一模一樣吧。

所以難怪新時代學說裡說天堂裡的人沒有形體，
只是一道光，一種感覺。
不過，這一道光和那一道光，
差別在哪裡呢？
而如果有了大智慧，一切了然，
那麼，這一種善的感覺，和那一種善的感覺，
差別又在哪裡呢？

今天在洗毛巾的時候忽然這樣想到。

是這樣：

有一條毛巾，上面被我的咖啡沾到了一顆褐色污點。

我喜歡所有的洗滌，因爲沒有比這件事更立竿見影啦。

你洗盤子，盤子就乾淨了，

你洗毛巾，毛巾就潔白了。

就算我這張老臉，給它洗一下，也是會剎那間亮麗起來哩。

洗滌這件事沒有絲毫的複雜之處，

不會洗一洗盤子變成小狗，

毛巾也不會洗一洗忽然變成鴿子飛去，

或者我的臉變成了林志玲……

（雖然洗面乳廣告有這樣保證啦）

總之我喜歡洗滌，大約就是它很可靠吧，
所有的污穢都應許我，只要我把它放在水底下，加上洗潔劑去沖刷，
他們就會走得乾乾淨淨，自動返回他們下水道的家。

就，
除了這一塊褐色的咖啡污點。
毛巾都是白色的，一模一樣的白色毛巾，
就只有這一條，上面有咖啡污點。
後來我發現我眼裡就只有這一條毛巾，
因爲別的都一模一樣。

缺點才是讓我們與眾不同的地方吧。
我比較胖，我比較瘦，我個子小，我其貌不揚……
這才是我們獨特於其他人的地方吧。

美麗的人要如何形容自己呢？
我長得很美。

沒有啦。
大家都知道一個人很美是什麼樣子的。

但是如果說：我長得很醜，哦，那想像空間很大。
你可以有至少三頁紙的內容可以來挑選項目。
而那些項目並非每一項都是不可取的。
所以，一個人比較不美的時候，其實，
就自由了。
因爲就可以有許多別的。
而如果我有一項別人沒有的缺陷，
那我便因爲缺陷而美麗，因爲那是我獨有的，跟別人完全不一樣的特質。

我放在檔案裡的大頭照，
如果有人會好奇到把它點大了來看的話，
一定會看到我臉上有很多斑點吧。
我從小臉上就很多斑，
多到我第一任男友送我的第一件禮物是「滿天星」盆景，

多到第二任男朋友到白沙灣夜遊的時候打電話來說：

看見滿天星斗就想起我。

多到第三任男友問我是不是生皮膚病？

多到第……

總之我就是那種在路上時常會被叫住說：

「小姐我告訴你一個祕方……」的人。

不過說眞的我從來沒有接受過他們的好意，

因爲所有和我在一起的人到後來就會說：

「沒有這些斑，那就不是你了。」

所以我愛你的缺陷，愛你的問題你的毛病，愛你的不能之處，

因爲就是那些使你獨特與眾不同。

145. 作女的男人

有朋友回應我那篇〈作女〉說：
「我總認爲，一個女人如果很凶很偏執
或許愛情的態度裡，也會有這一種性格
所以總往這胡同裡鑽，原來我想找的
就是『作女』啊……我看了這文蠻久的
深得我心」

關於作女……

並不是喜歡胡攪蠻纏的都是作女，
作女與悍女的不同是：
她平常性格絕對不是驃悍型的，
甚至通常是溫柔小貓型的，
唯獨是遇到了她喜歡的男人，

她那「作」就出來了。

請注意是「她喜歡的男人」，
要她對你沒興趣，那她就還是一貫本性，很好相處的。

作女面對到眞正動了心的對象，
就像站在懸崖邊上準備跳下去，
她當然要知道下面那個承接她的臂膀可不可靠。
因爲，進入一段感情對她來說是沒有回頭路的，
她也不準備回頭的。
懸崖下是沼澤是泥潭是惡水毒龍都無所謂，
她要知道的只是那雙臂膀是不是永遠會屬於自己。
如果是，那她會替你去殺毒龍去塡平沼澤去渡惡水，
她會從公主成爲武士，從嬌嬌女變成萬能女管家，
只要她相信了你的愛，便萬死不辭。

所以，這樣的付出怎麼可以沒有試驗呢？

這樣的信任怎麼可以輕易就付出呢？

要當作女的男人，說簡單簡單，說難很難，
就只一件事，你要不是眞愛她，就保證你是一定會受不了的。
你如果會興起那種：算了算了……
興起那種：天涯何處無芳草……
興起那種：人生不必這樣辛苦……
興起那種：我又不是找不到更好的對象……
興起那種……
想法的話，

那麼你不是作女的男人。

哦，作女還有一種狀態，她如果眞愛你，
你被她弄累了，不理她的時候，
她一定會回頭來找你。
她的熱情也許會燙傷你，但是她自己是分明要化爲灰燼了，所以她得在自己還沒死盡之前來找你。

不回頭的那就是她不過想惡整你看誰贏而已，
這可絕對不是作女!!

感情裡比較讓人難受的一件事就是：
誰愛得多，誰就輸。
付出越多越輸。
這是人世間唯一一件，完全不符合青年守則的事。
努力不是成功之本，
付出越多，得到越少。

然而回饋是什麼呢？
大概就是明白自己有這樣大的心，
有這樣多的寬容，
有這樣的愛人的能力，
即使那個人從來不還報。

因爲生命法則其實是：走過的必留下痕跡。
我們是因爲愛過而留下印記，而不是被愛。

146. 我好笨

我實在好笨。

剛才去開會。跟製作大人和導演開會。
因爲我寫太慢了，製作總監很忍耐的告訴我，
他實在沒辦法，這樣子他戲沒有辦法開拍了。

我聽了就說那你找別的編劇來一起寫吧，
我也不願意耽誤製作單位呀。

因爲要找別的編劇來幫忙，那我說好吧，
後面錢我也不要拿了，就給那個編劇吧，
也不好教你們另外再出一份錢呀。

他們商量一頓，勉強答應，
不過製作總監說：因爲一直是我在跟北京聯絡，
所以希望我還是要跟北京聯繫，
免得北京知道換編劇又一堆變化，
聽上去很合理呀，我就說好吧。
（所以我本來希望新編劇進來，我寫完我負責的部分，
月底可以回台灣的美夢破碎了。）

後來他們又說新編劇可能無法進入狀況，
所以我雖然不寫，我得把新編劇負責的那幾集劇本做完整分場，
好讓他寫起來有個依據。
聽上去也是對的，所以我就說好啊。

然後因爲新編劇的劇本可能會有些地方跟我的劇本不搭，
或者人物個性寫錯的問題，
所以我要幫他修，修完了再送北京，
然後北京那邊有意見的話，

我要負責去說服北京。
聽起來也很對呀，我就又說了好吧。
所以會議結束。

但是我現在坐在這裡一算。欲哭無淚。
怎麼回事啊，我怎麼讓自己越弄事越多，現在還連酬勞都把它推掉了。

我來這裡已經快百日了。劇本已經重寫過三遍。
每天工作超過20小時。
我以前在台北，一集劇本寫五天是正常工作量，
現在在這裡我拚了命每兩天出一本（一本劇本是25000字啊），
結果製作單位說太慢，要我一天一集。

我也說實話吧，他說歸他說，反正我已經完全莫法度了，所以隨便你們啦，
從北京回來之後，兩個禮拜出了八集。製作單位認爲我慢得驚人，
天天跟我算帳，我現在跟他們開會，完全到達老僧入定境界，

他們哇啦哇啦，我左耳進右耳出。
大概是因爲這樣吧，所以才不小心答應了那麼多亂七八糟的事情。

所以現在變成這樣：
我要先交到15集。（剩下八天要寫七集）
然後接下來到月底前的十天要寫16到30集的分場。詳細分場。
（稟告各位，詳細分場，一般字數是劇本的三分之一）

然後下個月開始，回頭補和修前面十五集，北京有意見的部分。
中間順便幫新編劇改劇本。
（我很怕我會幫他重寫，假如北京意見很多的話）

我眞的很踏實的思考了一下如果我跳樓，
會不會製作單位就會同意把我給 fire 了。
不過通常跳樓都是斷腳，斷手好像不太容易。
另外，我房間是二樓。
有相當大的可能，除了變成《窗外》的女主角，不會發生任何事情。

我覺得我實在好笨啦。

以前這些事都是我前男友處理，至少這些事他會保護我，

我現在一場糊塗，

我連我是怎麼把自己陷入這種狀況的都不知道。

哇，好想睡覺。

147. 心態

以前的民風樂府，說白了其實就是「歌詞」。
民間傳唱風行的，後來有人編書，集合起來成了樂府，
看來歌，流行歌，是比什麼都更貼近我們的心的。

我有時候聽歌，在還不知歌詞的時候，
尤其是現在許多歌手咬字不清，
聽著旋律就自己給他發明歌詞，
然後被自己發明的歌詞搞得很感動，
等到有一天忽然看到了眞的歌詞……

啊怎麼這麼平淡沒意思……

不過大多數歌詞都是很棒的。

我其實覺得許多詞比某些現代詩還寫得好。

（寫現代詩的人來砍我吧！）

我其實聽歌或聽音樂或看書看DVD看雜誌，

基本上是「蟑螂」型，就是什麼都有胃口，什麼都能「吃」。

以前毛姆說：如果仔細閱讀，一張洗衣清單會比一本爛小說更耐人尋味。

這話沒錯。我以前只看統一發票，就能幫我前男友寫起居注。

大家大概沒注意吧，統一發票上很多資訊的。

不過說實話，

（這事現在才懂的）

在一個長程關係中間，注意小枝小節是沒有意義的，

大方向掌握好，其他就給他閉一隻眼睜一隻眼好了。

不然等於給自己找麻煩。

我的前一段關係中，

發生過一件事，

我前男友，（他也是編劇啦）

跟某小明星有曖昧。

他從來沒承認過，小明星也從來不承認。

我是怎麼知道的呢？

是這樣，我前男友幫這女性寫了四檔戲，她不是女主角，

所以每一檔戲裡，劇本上某個角色都括弧註明她的本名，

意思是告訴製作單位，

這角色是爲她寫的。（編劇有時候權力也是很大的）

然後有一天，我和男友一起外出碰到這女人，

她不認識我男友!!

明明白白非常陌生，連想都想不起他的大名。

（拜託你現在拍的戲就是他在寫的呢）

而我男友也「想不起」她是誰，說：好像不紅嘛！

這件事裡有讓我非常非常柔軟同時又非常憤怒的部分，是這樣的：

我忽然就想起來，
他時常晚上坐在客廳裡看她主演的另一檔連續劇。
他會坐在那裡全部看完，每天每天。
現在我知道：
他在看她。

這個男人，在那時候，
懷抱著對另一個女人的遐想，
這件事完全不能戳破的，
那戀慕或許是比他與我的感情更深的，
可能是比他與我的關係更美的，
可能是他想祕密的珍藏在內心深處的一點什麼……

我想起這件事，非常憤怒：阿背著我在意淫不知道什麼狐狸精臭女人哩！
另外又非常的柔軟，並且憐憫起他來：
在我們兩人之間的沉重枯燥和乏味的生活中間，

他的那個粉紅色的小祕密，可能可以讓他的生活比較有點滋味的，
他對另外一個女人的美麗想像，在他快四十歲的時候，
讓他突然少男一般純情起來的那微妙的感覺，
就因爲碰到了一個會寫劇本的老婆，
完全破壞了。

不，我沒跟他吵架，我只是條列分析證明他跟那個人關係不會那樣簡單。
之後我男友就不再看她的連續劇了。

之後我們又一起生活了很多年。
那些年他一直在我身邊。
證明了我那時候對他的防堵其實沒有什麼意義，
他要留在我身邊，他就在，他不要的時候，他就會離開。
其實男女關係，眞說起來，就是這樣簡單呢。

所以，又要跟大家報一段新時代學說：
「我們到人世間是來學習的。

所以，發生什麼事實在不重要，
重要的是學到用什麼心態去面對。」

阿什麼心態呢，就是明白他是人她是人我也是人，
在另一個時空下，我未必不會做出和他和她一樣的事，
所以，放過他放過她，而在放過他們之前，
先放過自己。

148. 今天

今天好奇怪。

1. 我居然睡到早上八點才起來。

我居然睡了一晚上，簡直就破壞我的夜貓子名號。

從昨天早上十點開始睡的。

不知道劇組有沒有認爲編劇已經暴斃了，

怎麼一天一夜沒消沒息。

不過因爲睡覺前交過本；

交過本的編劇就像冬天的扇子夏天的火爐

嚼過的口香糖做過愛的床……總之就是那一類的玩意，

不會有人管他死活的。

所以我得以安然無恙的睡到了平日我準備上床的時間。

2.今天青島起霧。

其實這一兩天青島也開始熱起來了。溫度在27到29度，

但是開了窗還是很風涼，大概是因爲在海邊。

如果那麼一大片的汪洋也是29度，那是不可想像的，海也許會熱得冒煙吧。

總之今天比較涼，禮拜六，遊客很多，衣衫被吹得撲撲飄飛。

我偷偷的坐在窗帘後偷看，

（要假裝我還在睡覺呀，否則窗帘一拉，劇組就知道編劇起床了。）

一邊吃我的早餐，昨天剩下的蘋果和香蕉，

以及上網。

然後就發現我家小壞在我讓他幫我澆花的時候已經把我的公寓給搞得翻天覆地了。而且還留話：「這樣你還能包容嗎？」

3.我立即打電話隔洋去罵他，什麼包不包容？當然不包容！

搞錯沒有，我不是作女，我的「作女額度」早就在跟我前男友的二十年裡用光了。

我現在是那種主戰派的，你不讓我贏，我就不要愛你了。

我的愛是帶刀帶槍的，我才不溫柔我才不甜蜜……

唔……好像不小心把版主的凶暴本性給暴露出來了。

說起來我家小壞其實也滿可憐的，
我發現我跟他的對話，我們每次談話，
他至少都會說十次以上：「你好凶哦。」
八次以上：「你是女權主義者。」
六十次以上：「好嘛，你歡喜就好！」
八十次以上：「你要這樣，我有什麼辦法！」

每隔兩天他都會說另一句話：「這次我又怎樣了嘛！」
我之老是惡整小壞，其實就是因為還是想跟他分手，
看嚇不嚇得走他，看他會不會怕了，看他會不會……

我在寫這一段話時，忽然想起一個朋友說過的情景。
朋友兒子小時候玩模型人「HeMan」，就是那個肌肉很多的超人，
阿諾．史瓦辛格演過他。
她兒子時常把這模型超人倒吊起來頭插在一杯水裡，

或者把它綁在吊扇底下，超人就飛速旋轉，
不然就綁在門把上，每次開門關門，超人的頭就會去撞牆。
那時候她兒子六歲，朋友問他爲什麼要這樣，
六歲的男孩很睿智的告訴她：「我在訓練他。」

我忽然想起這個畫面。

鄰居們實在很好心，看到了小壞那篇日記，都來安慰……「我」，
我實在忍不住要說一句：
好像還是陌生人比較容易善良，
因爲彼此擦肩而過，不論是痛苦或歡喜都來不及留下痕跡，
陌生人像雲呢，
但是我不知道雲的傷心，
雲也不知道我的。
但是雲還是美他自己的美，
我還是飛我自己的飛。

4.然後，從起床就開始忙……忙到現在，忽然頭痛起來了。
這才想起我居然還沒喝咖啡。
要去喝咖啡了。

149. 不安心

打電話過去，那邊是：「轉接語音信箱。」
就開始胡思亂想了。
半夜裡，是誰在跟他講電話呀。
我以爲全世界半夜會撥電話給他的人只有我呢。

隔了十分鐘再打去，還是「轉接語音信箱。」

誰的電話這樣長啊，講這麼久？
然後再打過去……
「轉接語音信箱。」

這時候就發誓永生永世不撥這個號碼了。

至少，今天是不撥了。
明天也不撥了……

也許不撥吧。

以前那些士人出外趕考，
作丈夫的出門經商，
沒有電話沒有MSN沒法通e-mail，寫封信要幾年才到得了，
那時候，分離的兩個人，是憑藉什麼讓自己安心的呢？
那個人出去之後，連什麼時候會回來，
什麼時候能再見面，都不知道，
那時候，做妻子的，在家裡，
是憑藉什麼讓自己安心的呢？
是憑藉什麼讓自己等待的呢？

以前在前人筆記裡看過一個故事，再沒有那樣淒惻的故事了。

阿七是阿六的童養媳。兩個人從小一起長大，感情非常好。
本來家裡預定是在阿六15歲的時候讓兩人圓房，
但是沒等到那時候，就發生了戰爭，
阿六被軍隊拉伕抓走了，而鄉里被敵軍侵占，
阿七因爲長得漂亮，被敵人擄去獻給大將軍作爲戰利品。

數年後，整個國家改朝換代，
大將軍封了王爺。
他蓋了宮殿將他這些用不同方式收集來的女人放在一起，
而阿七正是這一群面目模糊的嬪妃中的一員。
我猜想大將軍可能對她全無印象吧，
但是他依舊擁有她，
而且阿七也沒有能力離開。

這一群嬪妃每天要去給大將軍請安。
她們經過殿前的時候，會看到殿前侍衛，
那就是他們除了大將軍之外，唯一可以見到的男人，

而阿七發現其中有一名侍衛長得很像阿六。
她每天經過大殿前，就會看著那名侍衛。
而那名侍衛也會看著她。
兩人會在那剎那間交換一眼，長度大概一秒都不到吧；
之後分開。

那個侍衛其實就是阿六。他覺得那妃子像是阿七，但是不能確認。
就跟阿七一樣，她覺得那侍衛像是阿六，但是不能確認。
每天早晨，阿七和一群嬪妃一起通過大殿的時候，
阿六和其他的侍衛分別守衛在大殿的時候，
這兩個人，會在剎那間，對視一眼。

兩個人就在這宮廷裡相視了十年。

每個早晨的那一瞬，可能才是他們中間最眞實的事情。
每個早晨，明白，並且相信一定會看到那個人，
那一秒的對視，可能才是讓他們在往後的整整一天的，

86400 秒裡能夠安心度過的力量吧。

在那一瞬間，兩個人交換一眼，其實在交換的是愛的信念，
在告訴對方，我看見的是你，我愛的你，不是別人，
在那一剎那間，我的心充滿了你。

就像妻子長亭送別，與離人交換最後一眼，
肯定了你一定會回來，我一定會等待，
就分開了。

那個承諾便封存在時間裡。永遠不會再改變。
因爲沒有電話或者MSN或者 e-mail 讓她去查詢去質疑，
所以她便相信了，並且懷抱著那相信去等待。

也許我們的問題便是我們之間交換的東西太多了，
而裡頭其實很有一些是雜訊……

150. 眼花

你如果缺的是愛，我願意傾盡全力來愛你。你很明白事實上我對你是這樣的。

你如果缺的是人生目標，是一個讓你自己尊重自己並且對自己產生自信的東西，那不是任何別的人可以給你，只有你自己讓自己強大之後，你才能擁有。

你也年紀不小了，你要上班要工作，要養貓要照顧家人，要幫朋友做那許多事，要來應付我，

（不過你可以把我排除，建議你把我排除在你生活在你生命之外。）

你睡覺不夠你連寫作的時間都不夠（你自己說的）結果還花時間去交女網友，使我對於你覺得嘆息。全世界的女人都愛你，你就壯大了嗎？你就自信了？尤其是你又不是靠女人生活的牛郎，要是以交女友為職業，至少可以賺點錢呢。

你的所謂的抱負，你的所謂的理想只是拿來跟我閒談的素材嗎？或者只是要讓你自己出名讓你成爲名人讓你把妹時更有條件……

請你格局要大一點。

以前你說過你不怕事，從小只要有人來欺負你你都會打回去，你說：「雖然我個子小，可是我是很man的，我不會逃避。」

說這句話的氣魄讓我很震動。但是說實話，去愛許多女人難道就能證明你是有力量的嗎？少數幾個女人給你掌聲幫你拍拍手你就滿足了嗎？那麼大哥你眞的是個「小男人」，你的心太小，小到沒有一顆花生米大。

請你格局要大一點。

你常說我幫你開了一扇窗，開窗只爲了看風景，那麼有窗沒窗沒有差別。

窗口是讓你看了風景之後走出去的。

你家的貓看了窗外之後都還有膽子跳下去，而你沒有，

你還在窗口看。你不如你家的貓。

你如果自認是個平常人，一生庸碌，你的女人最好不過是她的水準，你的朋友最強不

過是我的水準，你的目標最大不過是你常說的願景的水準，

那麼說實話，我就不想交你這個朋友了。

我是看出了你比你自認的要多出許多。

你比她和她的家人所認識的，比你在交友網站認識的人所認識的，比你在公司裡的同事所認識的那個你，要高要大要能力更強，

但是如果你自己都看不出來，那麼你就是像他們所認知的和評價的那個你自己。

那我就要抱歉我錯看了你。

我錯看了你的內在有火花，有才能，我誤認爲你的內在是個巨人，是個天才。

我原是爲了你的突出之處愛你，爲了別人從來沒有看到的那個你愛你，那麼我也許現在要承認，是我眼花吧。

151. 編劇出走

戲已經開拍，不過編劇完全沒氣了，

長期的睡眠不足，加上每天都有人來催本，
不騙你，照三餐來。
這是說如果編劇太爛沒把本交出去的話。

早上十點，
編劇已經挑燈夜戰一晚上，疲乏到神智不清的時候，
會有同樣神智不清的小 Hao 打電話來，而他是因爲還在睡夢中尚未清醒。
小 Hao 就是我前頭提過的射手座小編劇，
他除了把我的劇本改成大陸口語，還負責催我的稿。
小 Hao 催稿方式莫測高深，
他每次都說：「沒寫完沒關係，慢慢寫。」

然後就跟我報他今天要去哪裡玩，要跟朋友去唱卡拉OK，問我他需不需要趕回家去收我的劇本。

因爲我本子出了就是他的事了，

所以他每次都說：你慢慢來慢慢來不急。

中午十二點。

製作人會來一通電話：「劇本出了沒有？」

如果回答是 Yes，那下一句就是：「下一本明天什麼時候？」

如果回答 No，那他就問：「幾點可以出？」

我報的時間他通常都要往前逼，

我說晚上十點他就說九點行不行八點行不行？七點……

我直到跟他工作兩個月之後，才理解他根柢上把編劇當牙膏，

不管任何狀況，他反正就是拚命擠壓，

現在終於學會跟他說：「我不知道。」

他跟我發威：「你怎麼會不知道呢？」

我就說：「我說了時間又交不出來你會罵我。」

我們這製作人超會給人壓力。

我只要 delay 一天，他就來敲門了。

（大家如果羨慕製作單位免費提供編劇有 view 的房間，現在就該知道是為什麼了）

製作大人曾經做過演員，長得很帥。

「信樂團」還沒大紅時，他投資拍過他們的偶像劇《死了都要愛》，因為虧本了，所以「流落」到內地來打工。

（他是執行製作人，不是媒體上報的某女星的丈夫的那個製作人。）

他發起威來是有程序的，先不說話，用沉默壓迫你，然後開始求我：「我求求你我拜託你，我扛了多少你知道嗎？」他開始長篇大論，說他的製作苦水他的壓力他的痛苦我一定要挺他一定要幫他不然他就垮了等等等……

因為是講電話，我就一路跟他嗯嗯嗯，一邊上網逛著玩。

等他說：「那現在怎麼辦？」我就說：「我不知道。」

我不是故意要氣他，說實話我現在也覺得自己到臨界點了，昨天是最糟糕的日子，簡直覺得全世界都在跟我作對，後來服務生送中飯來，又照例跟我報告：都去拍片了，導演不在，製作人不在……瑋倫不在，立威廉也不在。說：今天天氣好好，你可以出去走走嘛！

跟我說過好多次。這服務生叫小馮，臉蛋永遠紅撲撲的，一副兔寶寶牙，每次都說：「你這樣寫不辛苦啊？出去走走嘛。」我昨天終於說了好哇。

所以，來到青島這麼久，終於第一次放風出去溜躂。

我在從旅館出去20分鐘之後的一條路上自己隨意拍了幾張照片，走在路上的感覺眞好啊。

152. 一月三萬和一日三萬

你說：你是一日三萬的人，不會懂我們這種一月三萬的人。

我前陣子在另一個朋友那裡聽到類似的話。
那是在我勸他不要讓錢綁住自己的時候，
他說：你是呼風喚雨的人，
而我有許多責任和負擔，我沒有辦法。

我現在要說的話，我也覺得可能有點「何不食肉糜」之嫌，
不過，說實話，我和你一樣是有限制的人，
我是大池子，你是小池子，如此而已。
你的煩惱，在我很簡單，我的煩惱，丟給你就會把你砸死了。
但是，面對所謂的限制，不論大限制，小限制，
其實方式是一樣的，就是認清楚界限在哪裡，

然後以自己現有條件去克服它。

我覺得我們的人生，有點像玩線上遊戲。要破關，得先去得到武器，得到能力，有這些本事了，你才能破關，然後進下一關。玩線上遊戲的時候，大家都會很認眞的找寶物，加裝備，增強自己的能力，讓自己能夠破關。但是在現實生活裡，很多人就只是天天混來混去把時間過了，然後說：你是一日三萬的人……

我成爲一日三萬的人，那是因爲我前面花很多時間去找寶物去鍛鍊自己啊。你到現在之所以一月三萬，在我看，牽涉到兩件事：

1. 你把你的才能花在無謂的目標上。

人生裡任何事，講誇張一點，去做乞丐，要是知道自己的「目標」在哪裡，一樣可以搞出個丐幫來。但是你做了這個，又做了那個，好像從來不思索自己準備到哪裡去，另外似乎又以爲有了目的性就不清高了。其結果就像坐了車子在路上兜風，兜了一百年，還是哪裡也去不了。

2.只想用自己的小本事去闖大世界。

跟你說要達到某種高度，你就得去進修，去學習。但是你好像總是覺得自己夠了。不然就是「我沒時間，不像你是一日三萬的人……」

這讓我猜想你的所謂清高，其實是怯懦吧，因爲沒有自信可以贏，所以就說：「我不在乎輸贏。」另外又暗自希望你自己是那個千萬分之一的幸運兒，可以憑小本事贏得大世界。

我們每個人，管他比爾．蓋茲還是街頭遊民，有的基本條件是一樣的：

那就是「一次人生」，還有「一天24小時」。

如何看待我們的「一次人生」和運用我們的「一天24小時」，

就牽涉到我們成爲怎樣的人。

你我好手好腳，就算身體有病，

我們的限制絕對比腦性麻痺患者要少。

但是腦性麻痺患者，在國外出了寫《時間簡史》的史蒂芬．霍金，

在台灣出了聯考狀元孫嘉梁，他現在要上美國讀書去了。

如果他們都能達到那種高度，
任何自己給自己限制的人，基本上就是對自己的人生不負責任。
你要是甘於庸碌，那請你明白那就是你自己的選擇，
不要找什麼「你是一日三萬的人……」那種理由。

大陸有個作家名叫張雲成。我想走遍全台灣，找一個像他這樣悲慘的人，
恐怕都還未必找得出來。

他家裡是黑龍江農民，大陸的農民比台灣的農民要窮得多。
張雲成的父親年收入兩千人民幣，合台幣八千。
要養一家六口：四個孩子，老婆，自己，
四個孩子裡有兩個是肌肉萎縮症患者。

肌肉萎縮症是一種什麼病呢，那是漸進的，患者全身的所有肌肉逐漸癱瘓，
如果沒有妥善照料，通常活不過28歲，
當他們的肌肉萎縮進行到頸部的時候，他的頭會抬不起來，呼吸機能會喪失，於是死亡。

張雲成患的就是這個病。
他6歲開始發病，沒法走路，因此只上了一天學。
16歲的時候，完全不能行走了。癱瘓在家裡，穿衣吃飯甚至排泄都需要人照料。
雲成的生活是每天醒了之後，要躺在床上等母親起床，
等母親起床之後，就抱他去上廁所，餵他吃飯。
之後父母要出門去工作。
他和同樣癱瘓的哥哥就待在家裡，躺著，不能下床，
頂多是轉頭用吸管吃點母親給準備的飲料。
等著，看著房間裡的小窗，陽光逐漸消逝，直到整個房間黑暗，
這時候父母親回來了，於是抱他上廁所，解決這一天的排泄，
再餵他吃點東西，然後睡覺。
第二天又起來過同樣的日子。

而這樣的一種生存方式，這樣的一種命運，這樣的一種環境，
張雲成卻在16歲的時候，決定要作一個作家。

張雲成的限制比你我都大，然而，他沒有限制他的心。
當你說：「你是一日三萬的人……」的時候，
我想你不明白，限制你的，不是一月三萬，是你的心。

153. 大志和大格局

大志和大格局是不一樣的。

美國總統想解決以阿戰爭，
格局很大，但談不上大志，
因爲那是他能力可以做到的。

姚明在中國成爲籃球大國手之後，
想進軍全世界，格局不小，
但也不是什麼大志，
因爲那是他能力可以做到的。

什麼叫大志？
大志就是超出自己能力之外的志氣。

大志是夢想。大志是老鼠認為自己能成為老虎，
麻雀認定自己有一天會變成老鷹。
所以老鼠便朝向「成為老虎」之路走去。
麻雀便向著「成為老鷹」的路走去。
最後：老鼠會不會變成老虎呢？
麻雀會不會變成老鷹呢？

從張雲成的例子來看：會的。

張雲成有大志而無大格局。
他的格局很小，
因為他就只不過想改善家庭生活，想不讓自己的母親那樣辛勞。
而當他完成了他的大志之後，他的格局便隨之大了。
當他在二〇〇四年，完成他的書之前，
如果有人告訴他的家人：你這個連動都不能動的孩子，

將來會幫你們買房子，會改善你們全家的生活，
會成為你們全村，全鄉裡最會賺錢的人，
我猜想他家裡的人一定認為這人在說瘋話吧。

唯一相信這有可能成為事實的人，是張雲成自己而已。
因為相信，所以他就做到了。

人要立大志，因為有了大志，並且專心一致朝目標走的時候，
天地和全人類都會來幫你。

要先立大志。
大格局是大志完成之後的事。

貝克漢在讀到了張雲成的故事之後說：
「沒有人能阻止嚮往。」
這嚮往便是大志。從他這句話裡便可以知道，
貝克漢一定也曾經是個小老鼠，在他還沒有成為貝克漢之前。
所以他知道嚮往的力量。

154. 還在努力中

最近換了新版的MSN。

晚上和小壞通話，

忽然，小壞「出現了」。

嚇我一大跳，還以爲是MSN新版的特異功能，

能夠自動網路影像傳送。

立刻很白癡的擔心起自己的影像會不會被傳送出去。

後來小壞才說明，他去買了攝像鏡頭，

爲了讓我可以看見他，爲了讓我安心。

之後小壞便表演他的日常生活。

他要吃宵夜了，好像電視廣告，他把他的宵夜送到鏡頭前讓我看：

「這是統一米粉，」開了包裝之後，給我看裡面：

「附麵，還有調味料。」

之後他離開，聽見嘩啦啦放水聲。

米粉泡好之後，他過來，手拿筷子把米粉撈開，

然後一個大腦袋湊過來說：

「現在要吃了。」

然後就正襟危坐，開始吃起米粉來。

他吃了幾分鐘，吃完了，仰頭把剩下的麵湯喝下去。

然後給我看剩餘的空麵碗，說：

「吃完了。」

就這樣簡單單調無聊到極點的畫面，

我坐在電腦前看著，淚如雨下。

我跟小壞有半年沒見面了，最後一次見面是去年聖誕節。

看到他眞人影像，才發現自己已經完全忘掉他了，

看到的那些影像就像某種貼紙，

把我腦海裡已然空白的畫面又給補回去。

也許小壞是怕我忘掉他才做這件事吧。
他說要讓我安心，好像不明白，就是因爲他，
才會有這個安不安心的問題，
沒有他，根本就不會不安心了。
心就放在自己胸腔裡，有什麼不安心的呢？

我自己對於「感情」有一個看法，
如果兩個人在一起，不是在往更好的方向走去，
那麼這個感情就不值得繼續。
如果對方不能讓你覺得更愛自己，更喜歡自己，
如果這份感情不能讓雙方都變得更好，
那麼這份感情有可能是惡質的。
那麼就應該擺脫這件事。

有朋友問我爲什麼要趕走小壞，
這就是原因了。

155. 習慣

我跟前男人，在一起的時候，
無話不談。

我說的無話不談那是眞的，
其無限制的程度可能旁人難以想像。
最最深層的，不可告人的，
甚至在身爲戀人關係中應當是禁忌的一些話題，
我們也一樣會談及，
這當然跟我們的職業和生活狀態有關係，
我和他都是編劇，住在一起，
在我跟他分手之前，我們每天24小時在一起，
總是有說不完的話，
我習慣了想到什麼就走進另一個房間找他說，

他習慣了在每一個他所在的地方看見我，
我們生活中有許多的分享。
生活中有許多小小的習慣，
而後來分開之後，
我便因為這些改不掉的小習慣而哭泣。
為了別人身上並沒有這些小習慣而哭泣。

跟一個人關係深刻到這樣，
同心同意到這樣，
那是很美好的經驗，
這使得我在離開他之後，一直在尋找同樣的，
可以談話和分享的對象。

與小壞的關係便是以談話開始的。
我在離開前男人之後，他是唯一一個，
讓我觸及他的那許多內在的人。
我們會在每個晚上談個一兩小時，

他把他所有的人生剝露在我面前。

一個人把他最深沉的內在交付給你的時候，
怎麼可能不愛他呢？
所以我便愛他了。
是談話的習慣建構了我和他之間的所謂的愛吧。

我猜我喜歡談話吧，
聽別人敘述一些事情，覺得自己像站在一片有霧的風景前，
看著霧逐漸散去。
每一個陌生人都是「霧中風景」，
而在霧逐漸消散之後顯露的那些，通常總使我著迷。
啊，原來是這樣。

所以談話可能是危險的，
至少對我是這樣。

156. 我們結婚吧

今天在想：

有一天一定要瘋狂一下，

對我身邊的男人開口：

「我們結婚吧！」

看是誰敢跟我點個頭說：「好。」

那我就把自己嫁給他。

這個歲數的好處就是：

阿犯錯就犯錯吧，反正來日無多，

錯了又怎樣呢？

對了又怎樣呢？

我年輕的時候擔心許多事情，
年紀大了以後才明白一件眞理：
不會怎樣的。

天不會塌，地球不會毀滅，
世界不會末日。愛你的人照樣愛你，
不愛你的人照樣不愛你。

所以假如晚上 Bing 要給我來電話的話，
我就要說我們結婚好嗎？

Bing 萬一說：好啊。
那就大家來冒險一下吧。
那我就要住在北京了，其實也不太壞。
不過爲什麼一定要用一段感情來擺脫另一段感情呢？

爲什麼沒辦法就是靠自己，
很清楚決絕的說：走了，
便走掉了呢？

這也是我問了自己整整一年的問題呢。

157. 無非

你不想跟我通MSN，想去做自己的事，這件事無可厚非，我可以不計較，也不是什麼大事，但是我一定要跟你計較，爲什麼呢？無非是想折磨你讓你日子不好過讓你不愉快罷了。

啊爲什麼要讓你受這些罪呢。無非是要讓你終於認清楚我不值得你承受那麼多付出那麼多你沒有必要對我這樣好，那麼我便可以從你的身邊逃離就可以被你釋放。你只要肯承認你受不了我其實不是那麼愛我我便可以解脫。

我只是萬萬不明白你到底還捨不下什麼爲什麼被我這樣惡整還要維持我們的關係請絕絕對對不要說這是愛，愛不應該是這樣惡質的東西。我也好奇綁縛我們的究竟是什麼我也好奇囚禁我的到底是什麼努力了這樣久爲什麼始終不能擺脫。

因爲我愛你這麼多，我所以只能寄望你受不了離開我，我說過許多次我沒有能力離開你，現在我已經比你的老婆更可惡更壞了，你爲什麼不把我像毒瘤一樣的割掉呢？不管多麼痛總一定會過去，勝過一直在等著一些事情結束。勝過順其自然，你大概不知道順其自然是讓感情活生生腐爛的方式吧。

158. 老男老女

Bing 跟我的求婚……

我猜這就該算是求婚了，不然是什麼呀？

他打電話來。因爲知道我一向晚上做工，所以來了電話就先跟我道擾：

沒打攪你吧？

我說沒呀。

他就說他今天晚上跟他媽提了，

他要等 Fu Fu。這 Fu Fu 是我跟他通 MSN 的化名。

他說最近看了不少人，因爲媽媽一直跟他說要他結婚，但是都沒滿意的，

他就跟他媽媽說他要等 Fu Fu，不等到見著了 Fu Fu 他是不甘心的。

Bing 因爲是獨子，母親身體不好，要等母親掛了，他就剩一個人了，

這做娘的比兒子還擔心沒有人陪兒子終老。

兒子也五十好幾啦，我猜娘不知道Fu Fu也是個老太太，
不然一定會想：你娶那麼個老傢伙，到底誰照顧誰呀？

Bing跟我沒見面，不過寄過照片。他給我寄過照片。我沒寄給他。
我是不大相信照片的，所以從來不跟人通照片，跟各位稟報，
我網頁上那大頭照也不十分像我，我本人是非常之慈祥兼和藹可親的。
我也不相信MSN通話，我在廣播電台作過節目，
各位可想而知跟我通MSN，我的美麗的聲音是有非常多的偽裝的成分的。

不過，Bing，
大約沒交過台灣網友吧，一開始就很中意我，
常說北京女人不像我這樣。……
啊北京女人是怎樣的？
或者我究竟是怎樣的？
我說實話我也還是不明瞭。
後來他就問，我想要的是怎樣的男人？

我就跟他說這個那個。……

1.我要個人照顧我。

我啥也不會呀，不會做菜不會做飯出門會迷路，在家沒人管可以不吃不喝睡一整天。洗衣服一定洗成花的，烘乾衣服就一定把大衣烘成了短外套。錢也總是不知道花去哪裡。家裡電話老斷，水電老斷因爲總是忘記去交錢。我半夜吃早餐凌晨吃晚飯，睡不著覺就會喝酒，喝了酒就會哭，我除了不會抽菸，不知道上哪嫖之外，惡習挺多的。脾氣又挺壞的。

我就只有一個優點，挺會賺錢。

（抱歉，我發現女人的這一項優點在五十歲之後，幾乎就跟火辣身段一樣對男性有致命吸引力）

但是這優點現在也沒那麼優啦，因爲不會談判，所以近年來身價陡降，收入銳減，成了非常平民的價位。

2.我要人陪我睡覺。

睡一個被子裡，從晚上睡到天亮，或者從天亮睡到晚上。我不要分房我不要分居，我要答應了跟那個人一起我就要可以成天黏在他腰帶上像鑰匙鍊，掛在他脖子上像手機套。我就要想的時候可以找到他，要他的時候他可以在。

3.幫我對付外頭那些有的沒的。

有點類似經紀人角色吧，我是喜歡寫的，可是對於生意談判實在搞不來。又不大分得出好壞，時常當時聽的時候覺得合理得不得了，對得不得了的事，到頭來不知道爲什麼就不合理也不對了。

就這三大項別無要求。

Bing聽了半天，很認眞跟我說他哪些沒問題哪些他可以學……

聽上去好像他挺合適的。後來就商量萬一這事成了兩個人要住哪裡，他去台灣大概有困難，他問我能不能住北京，我說我想住青島，因爲這陣子愛上青島了，而且青島氣候好，再熱也就是這樣了，我怕熱。

Bing好像有點惋惜因爲他北京有房子，後來他就說：

好吧，就依你的！偺住青島吧。

還眞有那麼點老公的架勢呢。

後來就約了8月初北京見面再論後事。
我警告 Bing 我要看你不順眼我就要回台灣了
又安慰他也有可能你看我不順眼的，
不過 Bing 大約是要表現男子風度吧，就回了一句很甜的話說：
不可能的。我早就看定你了。

呀，這就是半小時決定的終身大事。
等8月去北京跟 Bing 見面，搞不好就會變成北京人了。

阿至於 Bing 有什麼優點呢，
他的絕大的優點就是我完全不愛他。
對一段長久關係來說，
友誼比愛好。

159. 天野喜孝

天野喜孝的人物有妖氣，
可能是因爲他的人物讓人沒法覺得它是活生生的。
卻也不是死的，他的人物類似圖畫或雕像，
是存在之物，但絕對不是生物。

他的人物畫，在靜靜凝視的時候，總覺得他們有點像是某種標本，
就算是正在運動中的人物，那活躍的姿勢，其實像是凍結，
不像是眞正的活著的狀態。

他的馬不會嗚嘶，鳥不會叫，
花不會香，蝴蝶不會鼓翅，
他們只是落置在應當的位置，之後凝結。

他畫過小紅帽，童話裡那個。

小紅帽穿著紅衣紅鞋，戴著紅帽子。
在一條奇怪的街道上，身後是畫滿了雜亂的塗鴉的剝落的牆。
小紅帽挨近牆面，微側頭向我們望著，而左腳向前邁步。

這女孩沒有那種「我該往哪裡去」的惶然，
也沒有「向前走」的意志，不，她什麼也沒有，
她只是假裝著在看你，並且假裝著要向前走，
讓人覺得這幅畫裡的所有狀態都只是姿態，
完全沒有實質的意義，
只是姿態，或者是符號，或者連姿態或符號都不是，
只是一些色點的組成，一些光影，
它凝結成那副形貌看著你，只要你眼光離開，它迅即會像螢幕保護程式一樣，
色點紛紛滑落，之後成為另一樣東西，
然後繼續以它那種非生物的本質凝視你。

天野喜孝的人物有巨大感。
就是小幅的人物也一樣。

那些人物不是以形體，而是以那種無以名之的，
奇怪的，近乎永恆的情緒，
充塞在天地之間。
無論多麼小的畫頁，在它面前，我總是覺得渺小。

他其實喜歡在圖的四周做大量留白，
微小的，線條婉轉的人物，在圖中心展示他們的情節，
有一種像是雲一樣的在變幻中的感覺，
凝視的時候，那些線條彷彿會像雲一般在底層滑動，
而後慢慢變形，錯解，成爲了別的東西。
他的人物時常在可怕的狀態中，讓九條蛇纏著，
騎在骷髏的龍馬身上，
夜空裡，一顆被球形體囚禁的女人頭，
頭髮四散，停頓在天空上的女人，
一顆詭豔的女人頭，向下俯望池水，沒有身體，
但是她自己正有什麼往池面滴落下去……

我看著天野喜孝的畫的時候，時常會想，
不知道這個作者在想些什麼。
或者他也像他畫的人物一樣，其實沒有想著什麼，
只是假裝著他們是人類，
並且極度的，用一種超乎人類可以達到的安靜，非常沉靜，凝靜的，
注視著，假裝注視著我們……
彷彿我們離他非常之遙遠，並且已經死了千年。

160. 放暑假

今天海邊好安靜。
人不多，但是海潮聲好大，
讓我想海浪大概放暑假了吧，
我們人類放暑假往海上跑，
海浪放暑假了就往岸上跑。

昨天整個晚上就是聽見海浪拍擊，
轟轟的，一波又一波，
因爲天熱，我把窗開著，
結果海浪聲肆無忌憚，就在我窗下翻攪。
害我胡思亂想，猜想：
也許趁著黑夜，海浪來了龍王來了人魚來了，
就在我窗下聚集，注視著窗的方形眼睛，

可能以爲我是個巨大的怪獸吧。

非常天野喜孝的幻覺。

大概天野喜孝看太多了，
我拿他的圖片做了保護程式，
每次休息時就看見天野喜孝的妖異世界在我面前緩緩滑動。

有天野喜孝眞好，
有他那些冷冰冰的妖精眞好。
眞實世界令人悲傷，
而天野喜孝的世界什麼也沒有，
我望著我的保護程式，
我的保護程式也望著我，
巨大的滴血的女人頭垂下眼來，
可能是不忍面對我的苦惱吧。

161. 可憐

我最近大概可憐指數很高，到處碰到有人覺得我可憐。
連我跟前男人分手那時都還沒有這樣多人疼惜我呢。
連賓館服務員都覺得我可憐，
買了一大堆水果來，也不知道她花了多少錢，
有蘋果有梨子有葡萄有水蜜桃，
跟我說：你老是吃稀飯不行的，
（其實我很愛吃稀飯）
說：給你補點水果。

之後就去幫我把水蜜桃洗出來，剝了皮，跟我說：「吃一口，很甜。」
跟我你一口我一口把桃子給吃了。
像我女兒呢。

這小女生叫張麗，都不知道她爲什麼要對我這麼好，後來想，大概她對每個人都這麼好吧。

上次北京來了人，我忙著趕稿，見都沒見人，

結果有一天服務生收房間，門大開著。

北京來人住我對房，正好出來，只好跟她打招呼。

她劈頭第一句話就說：唉呀你辛苦了。

原來張麗幫我背後做人呢，去跟北京來人說我趕稿多辛苦等等，

唉呀這麼貼心，我要是男人，眞想把她娶回台灣去作老婆。

我成天跟製作人央求要補個編劇，

動之以情動之以義動之以利害，

現在新編劇要來了，害我好高興。

希望新編劇好用，別弄到後來又得我來收拾。

所以其實情況是越來越好了，

被疼惜時有點怪不好意思的，

有點像得了不義之財。

有人跟我報說台灣
又熱又亂，
我想像得到那情形，
單單只因爲我現在不用待在「熱到整個空氣膠在一起」的台灣，
我可能已經比大多數人幸福了哩。

162. 散心

剛才看窗外，有個女孩，穿得很時髦，
戴了棒球帽，長髮兩邊垂下，
白色紗質長裙，
繫帶高跟鞋，
可是她就這樣坐在欄杆邊，
手放在欄杆上，下巴壓在手背上，
一動不動，看著海。

我完全理解她的感覺。
我時常起床後站在窗邊，可以一動不動站著看幾小時……
沒有啦，沒那麼長的時間，可是在凝視海的時候，
好像時間會停止了，只剩下面前那廣大無垠的對象。
我特別喜歡看著海濤拍打的景象，海水一波波湧上來，

往石頭上衝擊出白色蕾絲花邊的浪，
然後又緩緩退下，好像舞蹈，
海浪在向著礁石無盡的邀舞，
而礁石不回應，這顯然是永恆的單人舞。
多麼像某一種感情啊。

就是非常喜歡那種單調的湧上來又退下的景象，
有時呆呆的看個半天，好像會把自己帶到別的地方去。
我拍了一些影片，
（哈，因爲風景太美了，就在大陸買了DV）
如果有辦法，實在很希望能用海浪的畫面做保護程式，
這樣我就算回到台灣，還是可以把海帶回去。

前幾天，不知道爲什麼，非常多的雲，有絕美的雲天，
我因此拍了許多很像攝影名作的作品，
讓我想起我的攝影家朋友說過：
「美女最好拍啦，你只要一直按快門，不看鏡頭也沒有關係。」

阿原來好作品不是靠技術，是靠對象哩，
那這樣是不是把美女拍成醜女也是一種成就？
我認識的一個攝影大師就專做這種事。
他的特長就是把林志玲拍成歐巴桑，
而且是在那種美美的攝影棚拍出來的。
看來這的確是超能力。

總之，那天天氣眞是美到不行，我忽然發現自己頭頂上，
就在屋簷旁邊的，那片雲是個大大的心形，
中心較淡，但是心尖和上面桃形的兩片，輪廓非常清楚，
馬上飛奔回房間去拿相機，開了窗戶開了紗窗，一番折騰去拍的時候，
心已經散了，
雲不等我耶，結果就只拍到了剩下的心尖。

我以前碰到過一個算命大師，那是年輕時候，大約三十來歲，爲情所困，
跑去算命。（大家不都是這樣嗎？）
大師看了兩下就說：「不用等他了，他不會回來。」

這就是我付了兩千大洋得到的全部關於我的感情問題的話語，眞是一字……金，各位可以拿算盤出來算算。

我就問：「爲什麼？」

這時大師眼一瞪，說：你不知道現在東南亞正在海嘯，印尼大地震，山地小孩沒早餐吃，南部淹水土石流，駙馬爺要送去關……

（他跟我講的是當時的時事，不過現在不記得了，所以我代換了一下）

他石破天驚說一句：「世界上發生這麼多大事，你還在爲你的小情小愛煩惱不是太愚昧了嗎？」

我確實愚昧，當下就很想把剛付給他的鈔票從他手上搶回來。

而且後來再也沒去看那個招搖撞騙的傢伙。

不過多年以後，在人世裡幾番折騰，

愛過人也被人愛過，

甩過人也被人甩過，

忽然發現大師眞的是大師。

愛情來來去去，不會改變的其實是這件事：

無論多大的愛，多嚴重的感情，
大不過你自己，重不過你自己。
沒人愛的話，自己來愛自己吧，
自己都不愛自己，那誰要愛你呀。

163. 難忘的初吻

這個初吻眞的是非常非常不容易讓人遺忘，我大約是十年前聽到這故事的，直到現在忘不了。

男主角比我還要老，所以各位要把時光倒帶，
回到男主角的青春期，
大約是二十世紀六十年代。
那時候物資環境沒有現在這樣好，
男主角住在眷村。

爲不瞭解眷村環境的鄰居提供一下場景介紹：

眷村因爲是軍人的家屬住的地方，由軍方建造，
所以就蓋的跟軍營很像，

當過兵的大概就多少可以描繪出那個場景，一座跟軍營一樣的大門，進去之後，好幾排房舍，分列在主道路的兩旁，在眷區中心，有所謂的公共設施，這包括司令台，幼稚園，籃球場，大禮堂，公共廁所，公共水井，公共廣場。

等到入夜之後，主道路上的路燈就亮起來了。可是因爲眷村很大，路燈很少，所以還是有足夠的黑暗地帶讓情竇初開的男女談戀愛的。

我們的男主角暗戀隔壁的漂亮美眉已久，那年代男孩子比較不敢造次，男女關係非常嚴謹，所謂的一壘二壘三壘本壘的意義和現代不同，但是和所有的球賽一樣，全壘打不是沒有，只是大多數人沒有這個本事。

一壘：你天天趕著跟她同一班車上學跟她同一班車放學，如是半年，有一次見到你她竟然微笑了。這時你便可以考慮攻二壘。給她一封情書。

二壘：你給對方寫情書，她雖然沒有回信，但是也沒有交到訓導處，因此你的情書不會和你的記過通知一起釘在公佈欄上。之後你持續寫第二封和第三封，她都毫無反應，但是也沒有人在通勤火車上傳閱你的情書，於是你繼續寫第四和第……的情書，如是半年，她都沒有反應。這時你便得到了攻三壘的暗示，你可以去邀她跟你約會了。

三壘：你去邀她約會。她沒有說答應還是不答應，只是吃吃笑著跑開。之後到了約會那天，你等了一小時之後，她帶了她的姊妹淘來赴約。你花掉你一個月零用錢，和電燈泡相談甚歡，而你的對象只是默默微笑。如是約會半年，每週一次。這時你離本壘便不遠了。

本壘：你們約會半年之後，她終於讓你握住了她的小手。

後來呢？

各位看倌，我想你們不明瞭。到了這一步，事實上他就非娶她不可了，因爲所有人都知道他們是一對了，你都上到本壘了你想怎樣？不娶她就等於破壞她的名節!!!

不過，雖然男女之防防成這樣，男人們腦袋裡的念頭還是一樣的，就是總想讓女人比該給的給得多一點。

我們男主角因此在牽了小手之後，就日思夜想的，想要得到一個吻。每次約會時，女主角數星星看月亮，花前月下，男主角嘴上跟她配合，而滿腦門子只想拿那張嘴來做別的事。

他們多半在入夜之後約會，兩個人牽著手，烏漆嘛黑的坐在暗處，什麼也看不見，只聽到她在說她看了什麼小說看了什麼電影，男主角嘴上跟她配合，而滿腦門子只想拿那張嘴來做別的事。

約會到了必須回家的時候，他便牽著她回家，兩個人的腳步聲在黑裡頭叩叩叩響，長長的人影在靠近路燈時變得越來越短。女孩開始埋怨不要走有路燈的道路，會讓人看見兩人約會，男主角嘴上跟她配合，而滿腦門子只想拿那張嘴來……

不，他忽然靈光一現，知道了現在就是那個時刻，於是他就把女孩往旁邊的牆上一按，開始吻她。

這個初吻的甜蜜香甜自不待言，兩個人就偎在牆邊，把原先的那個吻，溫習之後複習，複習之後加強複習，加強之後補加複習，如果不是一件事打斷了兩人，肯定男主角會把整學期的「功課」都給他做完的。

有人來了。這人還拿著手電筒，

兩人忙忙縮在暗處，沒有讓這個人發現，於是拿著手電筒的傢伙便進入這間房舍，之後便聽見裡面開門關門，之後聽見他大聲悶哼的聲音。

這人來上廁所的。

公共廁所的燈壞了，所以他帶著手電筒。

而男主角這一生最甜蜜的初吻，竟是在公共廁所的外牆上完成的。

十年前聽這段故事的時候，男主角說：

他到現在已經忘了那個女主角的面貌，但是記著這個吻。

他說：

「愛情果然是可以化腐朽爲神奇的。」

164.小鬼

劇本寫到末期，快寫完了。

每次站在窗邊看海，還眞的給他有點依依不捨。
在青島這樣長久，每天在屋子裡一個人跟劇本奮鬥，
唯一忠誠的，對我不離不棄，
永遠守在窗外的，
隨時隨刻可以聽到看到的，
就是這片海啦。

等我回台北，聽不到那些轟轟的海浪撲打聲，不知道會不會睡不著哩。

我大概有點窮極無聊了吧，
居然跟12歲小網友MSN聊半小時。

這小鬼很好玩，
知道我在寫劇本，說在台北報上看到報導，
劈頭就問：「有沒有人死？」

呃……我半天答不出來，有點疑惑她眞的知道我在寫的哪一齣嗎？

她知道。她說：立威廉和許瑋倫到底誰死？
我們劇裡是要死一個人，但可惜都不是他們兩個。
她很不滿意：「一定要死一個，才好看，才有悲劇感。」

忘了說，這小鬼爸爸是製作人，難怪她說得出「悲劇感」這樣高深的名詞。
她即席教我編劇：讓許瑋倫得乳癌或者子宮頸癌好了。
我問爲什麼？她說：這種病都是女生得，男生不會得呀。

沒錯，可是也有很多絕症是男生得的呀。
她很明智的教導我：這樣瑋倫得絕症死的時候，立威廉才可以抱著她的屍體緩緩的走入海中啊。「你們那裡不是靠近海嗎？」這一點她倒很清楚。

我想像了一下許瑋倫抱著立威廉走入海中的畫面，同意了讓瑋倫死掉比較有美感。

她問我，你知不知道立威廉很多胸毛？

天吶我確實不知道。雖然我見過立威廉很多次。

她說：叫立威廉露出他的胸毛。

我思考一下：他光著上身抱著瑋倫的屍體嗎？很奇怪耶。而且如果抱著瑋倫，大概胸毛也看不見吧？

她嫌我笨：可以叫立威廉背著她。或者先背後抱或者後抱先背。

她這時很謙卑的說：你是編劇你比較懂，你去編。

我想像了一下立威廉光著上身露出胸毛，然後把瑋倫的屍體從前身到後背，後背到前身甩來甩去的情形。

眞的很難編，看來要更偉大的編劇才行。

她原諒了我的無能，之後說明這場戲的設計重點在哪裡。

「這樣就可以順便宣導六分鐘護一生。」她說：這樣可以辦公益活動，這個戲才有意義。

我答應會把這個重點告訴我們的製作人。

然後她跟我講了些她喜歡看的好看的偶像劇。

其一：「女主角常常出車禍。她一出車禍，男主角就會很著急的跑過來，然後抱起女主角。」

我覺得這小鬼有一點抱抱情結。

另一部戲有浪漫的設計。有個什麼池，男女主角從兩邊走過來，踩到同一塊石頭，這兩個人就緣定三生。

「男主角很帥。」她說明：「像蠟筆小新。」

我有點怔住，問：「蠟筆小新嗎？」

她說對啦，就是很喜歡暴露他的小象那個小孩。

實在無法想像用很帥來形容「蠟筆小新」。

她說因爲自己喜歡大濃眉男生，那個男主角就長了「蠟筆小新」眉，所以很帥很帥。

哦，我馬上保證我們的男1號（立威廉）也有對蠟筆小新眉。她很滿意：那我一定會收看。然後她問：還有沒有人死？

我問她想要宣導什麼？

她不想宣導什麼。不過：「他有沒有胸毛？」

她問的是男1號。我發現這小鬼還有胸毛情結。

我眞的不知道。

她遇到難題了，想半天。

「這樣吧，你叫他穿一件白襯衫，然後跳進海裡去，再從海中走出來，白襯衫都濕了，就會現出他的胸膛來。」

我得承認這設計不錯。也許我眞會用在我的戲裡。

然後我們互道掰掰。

她是看過很多電影和港劇和日劇和偶像劇的，

所以她說：我明天再來跟你聊。

我說好。

果然開MSN有益，要不是跟她講上話，我還不知道立威廉有胸毛哩。

165. 我喜歡安靜的人

能夠安靜其實是一種品質。

安靜不是說不會說話，內向什麼的。

安靜是因爲很自在，所以不需要發出聲音來掩飾自己的不安。

是因爲很自信，所以不需要拚命發表免得擔心別人看不見自己。

一個人要安靜的時候才能夠專心。

我希望交一個安靜的朋友，兩個人可以一語不發，泡著音樂，在沙發裡坐一個下午。

166.曬月亮

我時常在半夜行走，
像一個小朋友說的，「曬月亮」。
一邊「曬月亮」，一邊砍星星。
把星星扔在後頭就假裝它被消滅了。

半夜裡做的事，在街上，
跟吸血鬼是一樣的，
在找溫暖的血液溫暖的肉，
溫暖的脖子，和肩膀。

希望我也有冰冷的牙，便可以用殺戮和這些肉體連結，
得到他們的溫暖。

167. 逛街

下午約了和朋友一起逛街。

我覺得這一定是社會現象。我的朋友們，幾乎沒有成雙成對的，我自己獨身，一個朋友剛死丈夫，另一個早就死了丈夫，還有一個剛離婚。

我們四個女人一起去逛師大路，到處找地方吃東西，結果到了一家賣法式料理的小店，四個人叫了四種餐，分來分去吃。其實也滿愉快的。只不過搭配的餐前酒差一點。

吃完就去隔壁逛鞋店。這鞋店進門要脫鞋的，裡面全是木板地，兩三個小櫃子裡頭陳列著鞋子，好像不打算做生意。但是川久保玲在東京的旗艦店也是這樣的，店裡空空的，只放十件衣服。賣的是概念，不是衣服也不是鞋子。

所以，甚至連商品也不用放吧，只要放 mark 就夠了。

品牌能做到這種程度，那眞的是夠了。

之後去逛精品店，一些古董家具，古董用具。一個中藥行的老藥櫃，要賣三萬四。很想買。雖然完全想不出要用它做什麼，可是那麼多的櫃子，一小格一小格，好像可以儲藏許多東西，儲藏這一生的記憶吧，一年放一格。

又逛了一家服裝店。不出名的服裝師，服裝設計得非常奇怪。我覺得他設計的服裝完全自己自得其樂，似乎不考慮客人能不能穿。雖然那位老闆娘穿起來很美，但是我沒法想像那些服裝可以穿著去逛街，吃法國餐，或者脫了鞋去逛鞋店。非常美的服裝，非常美的色調。

老闆娘說設計家是個雕塑家，住在三峽。他畫出了服裝的圖樣，就交給老闆娘縫製。我覺得他是把他的雕塑用布料來完成。

一個男的雕塑家，設計出極不平凡的，典雅到像夢境的服裝，許多的地方靠剪裁完成，縫線很少。我覺得設計家與他的完成者中間有神祕的愛情吧，否則怎麼會這樣瞭解對方呢。

後來去逛書店。因爲朋友說它有非常漂亮的招牌和店面。
但是書店正好公休。我們於是站在門外看著它那簡單的招牌，上面只寫著：
「書」，看了許久。遺憾碰到了它的公休日子。

168. 王的男人

韓國片《王的男人》，我以爲是男同性戀影片。因爲宣傳一直放在那個妖嬈美麗的男主角身上。後來看完了，發現跟想像中不大一樣。

男同性戀是有一點啦，可是好像不是重點。至少著墨不多。關於男同性戀，我覺得如果是愛男人像女人的那一部分，好像《王的男人》裡這樣，男人被當女人使用，不知道爲什麼還要同性戀？

英國SHOWTIME製作了很出名的男同性戀影集，*Queer as Folk*，裡面的男同性戀者是很明確的愛男人身爲男人的部分，很多男同性戀者是以自己的陽剛味來吸引對象，而不是以陰柔。

德國導演法斯賓達的《霧港水手》，也表達相同的意念。我猜想男同性戀者，至少是部分男同性戀者，是征服欲強過性倒錯吧。男人總喜歡在性上頭競爭，沒有比以性去屈服另一個男人更直接的勝利了。所以男監獄裡的性侵害，其實還是征服欲而不是性，也許連軍中的都是吧。

其實我覺得這部片在談的是那個「王」，那個王面對自己的悲慘身世被逐漸披露，於是就非常有理由的變成了惡魔。他終於下手殺死了父王的嬪妃，之後在內宮大醉那一段，我看得非常難過，演員還不錯，表達出了一些那種感覺，就是知道自己行將成爲monster。惡魔的保護傘就是他總自認是天使，或者知道了自己是惡魔之後，很簡單的去認定天使才是惡的。

一個人知道自己是惡的，而且終將成爲惡魔，好像看著自己在活生生的腐爛和敗壞。沒有比這更悲慘了。所以我很同情那個王。

169. 故事

這故事是關於信任的。

女孩最初認識男孩的時候，兩個人只是朋友。所以他就對她說了許多自己的故事。關於他的初戀，關於他的背叛，關於他的失戀，關於他的欺騙。

女孩只是在旁邊聽著。兩個人中間什麼關係也沒有。只不過坐在同一間辦公室裡，隔著一面夾板，男孩時常滑著他的帶輪子的座椅，滑到女孩桌邊去要一根菸，或者喝她的咖啡。吃她的零食。女孩從來也不說什麼。

後來，不知道怎麼就走在一塊了。那女孩知道他的一切。他把她按下來親吻的時候，女孩睜著眼看他。她在他眼裡看到的也許不只是愛情還有他無數的過往的情史吧。男孩後來就說：我不喜歡你的眼睛，你的眼睛看到了太多事情。

女孩說：好吧。

她把眼睛拿下來給了他。

女孩不再望著男孩，親吻的時候，她閉上眼，但是她輕喘的口氣讓男孩心虛，他總覺得她在自己耳邊訴說他過往的情史。男人說：你想說什麼？女孩說：沒有啊。男孩說：你一定說了什麼，我覺得我聽到你在說什麼。

於是女孩說：好吧。

她把自己的聲帶卸下來給了他。

現在她不會凝視他也不會在他耳邊訴說了，但是男孩依舊沒有辦法，他告訴她說：我沒有辦法，你知道的太多了。我不相信你能夠忘掉。

女孩說你爲什麼不能夠相信我對你的愛比這些記憶更大，

你爲什麼不能相信我對你的愛比你過往所有得到的愛更強，

你爲什麼不能相信，正因爲我愛你，所以我可以隱藏我所知道的一切，

忘卻我所知道的一切，

並且相信，因爲我愛你，我們的感情可以蓋過所有你曾經有過的或好或壞，你的污點你的光榮你的勝利和失敗，如同油畫最上面的那一層顏彩。

你唯一要做的只是相信而已。

但是男孩說：我就是不相信。

我不是不相信你，我不相信自己。

我不相信我能夠相信你。

女孩於是說：好吧。

沒有信任，那麼我的愛也就要走開了。

我信任我可以相信你，如果你辜負了我的信任，我就要走開了。

INK PUBLISHING 文學叢書 149
冰火情書

作　　者　袁瓊瓊
總 編 輯　初安民
責任編輯　丁名慶
美術編輯　許秋山
校　　對　余淑宜　丁名慶　袁瓊瓊

發 行 人　張書銘
出　　版　INK 印刻出版有限公司
台北縣中和市中正路 800 號 13 樓之 3
電話：02-22281626
傳真：02-22281598
e-mail:ink.book@msa.hinet.net
網　　址　舒讀網 http://www.sudu.cc

法律顧問　漢廷法律事務所　劉大正律師
總 代 理　展智文化事業股份有限公司
電話：02-22533362・22535856
傳真：02-22518350
郵政劃撥　19000691 成陽出版股份有限公司
印　　刷　海王印刷事業股份有限公司

出版日期　2007 年 4 月 初版
ISBN　978-986-6873-10-2

定價　200 元

國家圖書館出版品預行編目資料

冰火情書／袁瓊瓊 著.-- 初版.
-- 臺北縣中和市：INK 印刻,
2007〔民 96〕面；　公分（文學叢書；149）

ISBN 978-986-6873-10-2（平裝）

855　　96003134

K INK INK INK INK INK INK
NK INK INK INK INK INK IN
K INK INK INK INK INK INK
NK INK INK INK INK INK IN
K INK INK INK INK INK INK
NK INK INK INK INK INK IN
K INK INK INK INK INK INK
NK INK INK INK INK INK IN
K INK INK INK INK INK INK
NK INK INK INK INK INK IN
K INK INK INK INK INK INK
NK INK INK INK INK INK IN
K INK INK INK INK INK INK
NK INK INK INK INK INK IN
K INK INK INK INK INK INK
NK INK INK INK INK INK IN
K INK INK INK INK INK INK
NK INK INK INK INK INK IN
K INK INK INK INK INK INK
NK INK INK INK INK INK IN
K INK INK INK INK INK INK
NK INK INK INK INK INK IN
K INK INK INK INK INK INK
NK INK INK INK INK INK IN
K INK INK INK INK INK INK
NK INK INK INK INK INK IN